Victoria Maienfeld

Mamas Baby, Papas maybe Das große Schwangerschaft Kochbuch für Anfänger

160 einfache & leckere Rezepte für eine gesunde Ernährung während der Schwangerschaft inkl. Ratgeber & vegetarische Rezepte

ISBN: 9798436000824

Inhalt

Vorwort

Liebe Leserin,

Sie sind schwanger? Dann zuallererst einmal: Herzlichen Glückwunsch! Die nächsten Monate werden sicher sehr ereignisreich und aufregend für Sie werden. Neben den ersten Ultraschallfotos, Kinderzimmer einrichten, Babykleidung süß finden und vielen weiteren tollen Dingen spielt jetzt auch die richtige Ernährung eine wichtige Rolle. Die Vorfreude auf ein Baby stellt viele werdende Eltern vor große Herausforderungen – alte Gewohnheiten werden neu überdacht, zum Teil über Bord geworfen und neue Verhaltensweisen werden etabliert.

Wahrscheinlich gehören auch Sie zu dem Teil der Schwangeren, die von ihrem Umfeld allerlei Ratschläge verschiedenster Art bekommen. Sei es von der lieben Schwiegermama, den Kollegen, Freunden und und und... Am Ende haben Sie eine ganze Liste voll Empfehlungen und Tipps und wissen womöglich gar nicht mehr, was denn nun wirklich sinnvoll ist und was nicht.

Keine Sorge! Mit diesem Ratgeber sind Sie im wahrsten Sinne des Wortes „gut beraten“. Zur Erstellung dieses Ratgebers habe ich mich in die Fachliteratur eingelesen, diese ausgewertet und für Sie in eine leicht verständliche Form gebracht. Im Ratgeberteil dieses Buches erfahren Sie alles Wichtige zum Thema Ernährung in der Schwangerschaft.

Sollten Sie dann Inspiration für die Nahrungszubereitung benötigen, helfen die 160 Rezepte ganz sicher weiter. Vom kleinen Frühstück in Form eines Smoothies bis zum richtigen Mittagessen für die Extraportion Jod oder Eisen werden Sie hier fündig. Lassen Sie sich von den vielen Rezeptideen inspirieren und probieren Sie gerne Variationen aus.

Ich wünsche Ihnen viel Spaß beim Lesen und Umsetzen! Vor allen Dingen wünsche ich Ihnen eine wundervolle Schwangerschaft!

Ihre

Victoria Maienfeld

Die Theorie

Basiswissen für eine gesunde Ernährung in der Schwangerschaft

Im folgenden Kapitel soll es um das Basiswissen für eine gesunde Ernährung gehen. Das bedeutet, Sie lernen allgemein, welche Dinge in der gesunden Ernährung eine Rolle spielen – egal, ob Sie schwanger sind oder nicht.

Grundsätzliche Ernährungsempfehlungen für gesunde Schwangere ohne spezielle Ernährungsformen

Dass eine gesunde Lebensweise sowie eine abwechslungsreiche und ausgewogene Ernährung zur Schwangerschaft dazu gehören, das versteht sich fast von selbst. Dies sind alles wichtige Bestandteile für Sie und Ihr kleines Ungeborenes! Auch regelmäßige Bewegung sollte auf Ihrem Tagesplan stehen, da dies ebenso langfristig positive Auswirkungen haben kann – für Sie als auch für Ihr Baby und dessen Entwicklung.

Regelmäßige Mahlzeiten sind sehr empfehlenswert für das Wohlbefinden – sowohl für den heranwachsenden Fötus als auch für Sie als werdende Mutter.

So ernähren Sie sich und Ihr Baby richtig

Die gute Nachricht gleich vorne weg: Für eine gesunde und ausgewogene Ernährung einer werdenden Mutter braucht es nicht viel. Grundsätzlich orientieren sich die Ernährungsempfehlungen in der Schwangerschaft an den allgemeinen Ernährungsempfehlungen für eine ausgewogene Mischkost. Um den schwangerschaftsbedingten Mehrbedarf an Folsäure und Jod zu decken, wird die Einnahme von Supplementen empfohlen.

Tipps für eine gesunde Ernährung für Mutter und Kind:

- Essen Sie nicht für zwei Personen, was die Portionsgröße angeht, sondern abwechslungsreich und gesund.
- Essen Sie regelmäßig über den Tag verteilt 3 bis 5 Mahlzeiten – je nach Wohlbefinden.
- Essen Sie täglich frisches Gemüse sowie Obst und verschiedene Salate.

- Vollkornprodukte sind eine sehr gute Wahl! In gut sortierten Supermärkten finden Sie problemlos eine große Auswahl an gesunden und nahrhaften Vollkornprodukten aus fast jeder Lebensmittelkategorie.
- Fettarme Milchprodukte sollten ebenfalls täglich auf Ihrem Speiseplan stehen.
- Ebenso gehören fettarmes Fleisch und Fisch wöchentlich mit 2 bis 3 Portionen zu einer gesunden ausgewogenen Ernährung. Fleisch liefert Ihnen und Ihrem Baby ausreichend Eisen für die Blutbildung, während Fisch eine Extraportion Jod liefert, welches für die Entwicklung Ihres Kindes sehr wichtig ist.
- Gewichten Sie einzelne Lebensmittelgruppen unterschiedlich:
    - **Essen beziehungsweise trinken Sie reichlich:** kalorienfreie Getränke und pflanzliche Lebensmittel
    - **Essen beziehungsweise trinken Sie mäßig:** tierische Lebensmittel wie fettarmes Fleisch und Wurstwaren, fettarmen Fisch, fettarme Milchprodukte
    - **Essen beziehungsweise trinken Sie sparsam:** Süßigkeiten, Snacks, Fette mit hohem Anteil gesättigter Fettsäuren

Infobox Fettsäuren

Gesättigte Fettsäuren machen ein Fett fest und sind allgemein eher in tierischen Lebensmitteln enthalten (zum Beispiel: Butter, Kokosfett, Schmalz, Sahne).

Ungesättigte Fettsäuren machen ein Fett flüssig (zum Beispiel: pflanzliche Öle aus Raps, Algen, Oliven oder Leinsamen).

Versuchen Sie, **mehrere kleine Mahlzeiten** regelmäßig über den Tag verteilt zu essen. Dies hat gleich mehrere Vorteile: Sie vermeiden den typischen Heißhunger und außerdem umgehen Sie so das ungeliebte Sodbrennen und die Schwangerschaftsübelkeit. Die Verteilung der Mahlzeiten auf mehrere kleine pro Tag unterstützt den Organismus und den Verdauungsprozess. Dadurch kann ein permanentes Völlegefühl vermieden werden. Gerade im letzten Schwangerschaftsdrittel fühlt man sich auch ganz ohne Völlegefühl schon voll genug. So können Sie sich diese Zeit ein wenig angenehmer gestalten.

Es ist sehr wichtig, dass Sie ausreichend trinken, zum Beispiel Wasser (zum Beispiel kalziumhaltig) oder ungesüßte Früchte- und Kräutertees. Eine tägliche Trinkmenge von 1,5 Litern sollten Sie nach Möglichkeit nicht unterschreiten.

Dies ist ein Richtwert, der sich zum Beispiel im Sommer oder bei starkem Schwitzen natürlich deutlich erhöhen kann. Kaffee können Sie auch zu sich nehmen, dies aber in Maßen. 200 mg Koffein pro Tag (entspricht circa 2 Tassen Filterkaffee) sollten nicht überschritten werden. Hierbei ist zu beachten, dass Koffein nicht nur in Kaffee und Cola zu finden ist, sondern auch in Grün- und Schwarztee, gekauftem Eistee, Zartbitterschokolade sowie Kakao.

Zu meidende Lebens- und Genussmittel

In diesem Abschnitt erfahren Sie, welche Lebensmittel Sie bedenkenlos essen können und welche Lebens- und Genussmittel Sie unbedingt vermeiden sollten. Auch wenn die Aufzählung der zu vermeidenden Lebensmittel erstmal unendlich lang erscheint, haben Sie keine Angst. Wenn Sie das Prinzip erstmal verstanden haben, ist es für Sie schnell selbstverständliche Routine.

Sollte zu den unerlaubten Lebensmitteln zum Beispiel zufällig Ihr Lieblingskäse gehören, bedenken Sie bitte, dass Sie darauf nicht Ihr Leben lang verzichten müssen, sondern eben nur während der Schwangerschaft. Und diese Zeit ist ja wirklich überschaubar.

Genussmittel

Im folgenden Abschnitt stelle ich Ihnen die Wirkung von Genussmitteln auf den Körper einer schwangeren Frau vor.

Weshalb Alkohol während der Schwangerschaft so gefährlich ist

Schon kleine Mengen Alkohol können bei Ihrem ungeborenen Baby zu schwersten Schäden vor allem in der geistigen Entwicklung führen. Bedenken Sie immer, dass Alkohol ein universelles Zellgift ist. Der sich entwickelnde Körper des Babys hat diesem Zellgift nichts entgegenzusetzen. Wenn Sie während der Schwangerschaft Alkohol trinken, hat Ihr Baby denselben Alkoholspiegel im Blut wie Sie. Der Körper Ihres Kindes baut den Alkohol aber circa 10-mal langsamer ab als Ihr eigener Körper.

Die Krankheitsbilder, welche bei diesen Kindern entstehen können, werden zusammengefasst als fetale Alkoholspektrumstörung (FASD). Diese Kinder leiden unter einer verminderten Intelligenz, Konzentrationsschwäche und sind auffällig in ihrem Sozialverhalten. Die Kinder und deren Familien leiden ein Leben lang an dem Alkoholkonsum der werdenden Mutter, da die vom Alkohol verursachten Schäden nicht mehr repariert werden können. Beachten Sie diesen Punkt unbedingt! Daher gilt:

Jeder Tropfen Alkohol während der Schwangerschaft ist tabu!

Rauchen während der Schwangerschaft

In diesem Zusammenhang sollte auch das Thema Rauchen während der Schwangerschaft besprochen werden. Die einen tun sich schwer; die anderen hören von heute auf morgen auf, sobald sie erfahren, dass sie schwanger sind. Zigaretten sind überall erhältliche Konsumgüter, die man meist in Gesellschaft konsumiert oder als „Zigarette nach dem Essen" zum Entspannen verwendet.

Deshalb lautet mein gut gemeinter Rat: Verzichten Sie während der Schwangerschaft komplett aufs Rauchen!

Versuchen Sie möglichst schon vor der Schwangerschaft das Rauchen zu beenden. Während der Schwangerschaft sollten Sie nicht rauchen oder die Menge der gerauchten Zigaretten auf ein Minimum reduzieren. Denn Rauchen während der Schwangerschaft kann zu verschiedenen Problemen führen: zum Beispiel das vorzeitige Lösen des Mutterkuchens oder ein vorzeitiger Blasensprung, der seinerseits wiederum das Risiko für eine Frühgeburt oder einer Infektion von Mutter und Kind (**Amnioninfektionssyndrom**) erhöht.

Babys von Raucherinnen sind oftmals kleiner und leichter als Babys von Nichtraucherinnen. Diese Babys machen in den ersten Tagen nach der Geburt oftmals einen „Nikotinentzug" durch. Dies lässt sich daran erkennen, dass die Babys unzufrieden, weinerlich und zittrig sind. Manchmal haben diese Babys auch sehr weichen Stuhlgang, der über mehrere Tage anhalten kann. Im späteren Leben neigen Kinder von Raucherinnen vermehrt zu Allergien und immer wiederkehrender spastischer Bronchitis. Nutzen Sie Ihre Schwangerschaft daher ganz bewusst, um mit dem Rauchen ein für alle Mal aufzuhören! Sollten Sie hier Probleme haben, so sprechen Sie auf jeden Fall ganz offen mit Ihrer zuständigen Ärztin oder Ihrem zuständigen Arzt, um eine gute Lösung zu finden.

Lebensmittel

Faustregel

Grundsätzlich können Sie sich merken, dass Sie nur Lebensmittel zu sich nehmen sollten, die entweder ausreichend erhitzt oder vollständig durchgegart wurden.

Gefahr durch Listerien

Auf **rohe Lebensmittelerzeugnisse** aus Fisch oder Fleisch sollten Sie während der Schwangerschaft verzichten. Diese können gefährliche Bakterien enthalten wie beispielsweise **Listerien**, welche beim ungeborenen Kind zum Krankheitsbild der neonatalen Listeriose führen können. Achten Sie deshalb darauf, Fleisch oder Fisch immer vollständig durchzugaren!

Infobox Listeriose

Die Listeriose ist eine lebensmittelbedingte Infektionskrankheit. Listerien können an folgenden Lebensmitteln gefunden werden:

- rohes Fleisch beziehungsweise Fisch oder deren rohe Erzeugnisse (Räucherfisch)
- Rohmilchprodukte
- vorgeschnittene Salate

Wenn sich eine Schwangere mit Listerien infiziert, kann es bei ihr zu grippeähnlichen Symptomen kommen. Die Schwangere kann von der Infektion aber auch nichts bemerken. Falls die Listerien über den Mutterkuchen auf das Baby übertragen werden, kann das zur Tod- oder Frühgeburt führen oder das Baby kommt mit Listerien infiziert zur Welt (neonatale Listeriose). Die neonatale Listeriose wird weiterhin unterschieden in eine Frühform und eine Spätform. Die Frühform zeigt sich beim Baby innerhalb der ersten Lebenswoche mit einer schweren Blutvergiftung, Atemproblemen und Hautveränderungen. Die Spätform zeigt sich ab der zweiten Lebenswoche. Diese Babys erkranken dann meist an einer Hirnhautentzündung.

Gefahr durch Toxoplasmen

Rohes oder nicht genügend durchgegartes Fleisch enthält eine weitere Infektionsquelle – **Toxoplasmen**. Hierbei handelt es sich um Parasiten, die vor allem in unzureichend erhitztem Fleisch vom Schwein, Schaf, Ziege, Wildtieren oder

Geflügel vorkommen können. Toxoplasmen können aber auch auf Katzenkot, im Erdboden und auf kontaminierten Lebensmitteln (zum Beispiel Salat) gefunden werden.

Daher ist es wichtig, …

- … dass Sie sich nach der Gartenarbeit immer gut die Hände waschen.
- … dass Sie Fleisch immer gut durchgaren.
- … dass Sie Salate und Gemüse vor dem Verzehr unter fließendem Wasser gründlich abspülen.

Infobox Toxoplasmose

Eine Infektion mit Toxoplasmen ist nur dann gefährlich, wenn sich eine Schwangere während der Schwangerschaft **erstmals** mit diesen Parasiten **infiziert**. Wenn Sie sich bereits vor der Schwangerschaft infiziert haben, dann ist das ungeborene Baby geschützt. Um herausfinden zu können, ob Sie schon vor der Schwangerschaft infiziert waren, wird Ihnen Ihr Frauenarzt Blut abnehmen und schauen, ob Sie bereits Abwehrstoffe (Antikörper) gegen diese Parasiten haben. Wenn Ihr Frauenarzt Antikörper in Ihrem Blut nachweisen kann, hatten Sie sich in der Vergangenheit mit diesen Erregern infiziert und diese Parasiten stellen während der Schwangerschaft keine Gefahr mehr da. Wenn Sie keine Antikörper im Blut haben, ist es umso wichtiger, dass Sie sich an die oben genannten Tipps halten. Eine Erstinfektion mit Toxoplasmen während der Schwangerschaft kann dazu führen, dass die Erreger auch das ungeborene Kind infizieren. Das Risiko dafür steigt mit dem Schwangerschaftsverlauf an. Wenn sich eine Schwangere im ersten Drittel der Schwangerschaft infiziert, kann es zum Abbruch der Schwangerschaft kommen. Bei Erstinfektion im zweiten und dritten Drittel der Schwangerschaft kann es zu typischen Schädigungen des Gehirns oder der Augen des Kindes kommen.

Risiken bei Fisch und Milchprodukten

Beim Fisch sollten sie Sushi, Sashimi, Austern, Muscheln und Meeresfrüchte für die Dauer der Schwangerschaft vermeiden! Fisch mit einem hohen Gehalt an Quecksilber (Thunfisch, Heilbutt, Schwertfisch, Steinbeißer) sollten ebenfalls möglichst vermieden werden. Auch beim Fisch gilt: **Vor dem Verzehr unbedingt vollständig durchgaren!**

Vermeiden Sie Käse, welcher mit dem Hinweis „**Rohmilch**“ oder „**Vorzugsmilch**“ versehen ist. Pasteurisierte Milch und daraus hergestellten Käse können Sie bedenkenlos essen.

Gefahr durch Salmonellen

Auch auf **rohe Eier** und deren verarbeitete Produkte (Tiramisu, Mousse au Chocolat, Zabaione, Softeis, Mayonnaise, selbstgemachte Sauce Hollandaise) sollten Sie verzichten. In rohen Eiern verstecken sich oft **Salmonellen**, welche das Krankheitsbild der Salmonellose verursachen können.

Infobox Salmonellose

Die Salmonellose ist eine klassische Lebensmittelinfektion. Die Infektion erfolgt durch orale Aufnahme der Salmonellen. Salmonellen können primär an folgenden Lebensmitteln gefunden werden:

- nicht ausreichend erhitzte Eier und daraus gefertigte Speisen
- rohes Fleisch und deren Erzeugnisse (zum Beispiel Hackfleisch, Mettwurst)

Außerdem ist es möglich, Salmonellen auf jedes andere Lebensmittel durch Berührung mit den Händen zu übertragen. Hier ist auf eine gute Hygiene beim Zubereiten von rohen Lebensmitteln zu achten. Zu guter Letzt ist die Übertragung von Salmonellen durch Heimtiere, vor allem Reptilien, zu erwähnen.

Nach der Infektion mit Salmonellen kann es zu schweren Durchfällen mit Kopfschmerzen, Bauchschmerzen und Erbrechen kommen. Die Salmonellen werden über den Mutterkuchen zwar nicht auf das ungeborene Baby übertragen. Aber die Krankheit kann die Mutter so schwächen, dass die Gesundheit des Babys ebenfalls gefährdet ist oder sich eine Frühgeburt entwickeln kann.

Risiken bei Getränken

Energydrinks sollten Sie während der Schwangerschaft am besten gar nicht zu sich nehmen. Abgesehen von der sehr hohen Menge an Zucker enthalten diese auch noch weitere ungesunde Zusatzstoffe. Und das enthaltene Koffein ist von der Menge her einfach zu viel! Darüber hinaus steigern derartige Getränke den Blutdruck, was sich wiederum negativ auf das Ungeborene auswirken kann.

Auf **chinin-haltige Getränke** (zum Beispiel Tonic Water oder Bitter Lemon) sollten Sie ebenfalls verzichten, denn diese können Erbrechen, Sehstörungen oder sogar vorzeitige Wehen auslösen.

Ist Honig während der Schwangerschaft gefährlich?

Oft stehen Schwangere vor der Frage, ob Sie **Honig** essen dürfen. Da Honig für ein Kind im ersten Lebensjahr nicht erlaubt ist, könnte dies ja auch schon während der Schwangerschaft der Fall sein. Babys vor dem ersten Geburtstag dürfen keinen Honig essen, weil dieser das Bakterium Clostridium botulinum enthalten kann. Eine Infektion mit diesem Bakterium kann bei Säuglingen zum Krankheitsbild des **Säuglingsbotulismus** führen. In der Schwangerschaft ist Honig aber unbedenklich, da die Magensäure der Mutter das Bakterium abtötet. Daher besteht keine Gefahr für das ungeborene Baby. Die zahlreichen Vitamine machen Honig während der Schwangerschaft sogar zu einem Powerfood. Dennoch sollte dieser in Maßen verzehrt werden, da er einen sehr hohen Zuckeranteil hat.

Tipps für Auswahl, Einkauf, Lagerung und Zubereitung von Lebensmitteln

In diesem Abschnitt erfahren Sie, auf was Sie bei der Auswahl von Lebensmitteln achten sollten. Sie lernen wichtige Dinge über Einkauf, Lagerung und Zubereitung von Lebensmitteln.

Milch, Milchprodukte und Käse:

- Wählen Sie guten Gewissens fettarme Milch und Milchprodukte aus pasteurisierter oder wärmebehandelter Milch.
- Verbrauchen Sie die Produkte nach dem Öffnen innerhalb von 2 bis 3 Tagen.
- Greifen Sie zu Hartkäse und schneiden Sie die Rinde ab. Käse am Stück ist die beste Wahl; Reibekäse raspeln Sie am besten direkt vor dem Verzehr selbst.
- Lagern Sie Käse bei 4 bis 6 Grad im Kühlschrank und verbrauchen Sie ihn innerhalb von 2 bis 3 Tagen.

Folgende Milch, Milchprodukte und Käsesorten sollten Sie meiden:

- Rohmilch und sonstige Rohmilcherzeugnisse sollten vermieden werden. Diese Lebensmittel sind für gewöhnlich gekennzeichnet mit dem Hinweis „Rohmilch“ oder „Vorzugsmilch“.

- Blauschimmelkäse und Ähnliches (zum Beispiel Gorgonzola)
- Käsesorten mit Rotschmiere (rote klebrige Rinde) wie zum Beispiel Limburger
- Käse oder Frischkäse, welcher aus offenen Gefäßen verkauft wird, zum Beispiel Kräuterquark, Mozzarella, Feta
- Weichkäse wie zum Beispiel Camembert, Brie
- vorgefertigter Reibekäse

Fleisch, Geflügel und Co.:

Achten Sie darauf, sämtliches Fleisch und Geflügel immer gut durchzugaren. Die Empfehlung liegt hier beim Erhitzen des Fleisches auf über 70 Grad für mindestens 2 Minuten.

Wurst und Fleischwaren wurden im Regelfall bei der Herstellung erhitzt und können ohne Bedenken gegessen werden. Lagern Sie die Produkte bei 4 bis 6 Grad im Kühlschrank und verbrauchen Sie sie innerhalb von 2 bis 3 Tagen. Dazu zählen:

- gegarte Pökelfleischerzeugnisse (zum Beispiel Kochschinken, Putenbrust, Kasseler)
- Brühwurst (zum Beispiel Bierwurst, Bierschinken, Fleischwurst, Leberkäse, Lyoner, Mortadella)
- Kochwurst (zum Beispiel Corned Beef, Blutwurst, Leberwurst, Sulzen)

Diese Lebensmittel aus Fleisch, Geflügel und Co. meiden Sie bitte:

- rohes Fleisch und Geflügel (zum Beispiel Mett, Tatar, Carpaccio, Hackepeter)
- Rohwürste (zum Beispiel Salami, Teewurst, Cervelatwurst, Mettwurst)
- rohe Pökelfleischerzeugnisse (zum Beispiel Rohschinken, Räucherspeck, Lachsschinken, Nussschinken, Rauchfleisch, Parmaschinken)

Fisch, Fischerzeugnisse und Meerestiere:

Auch bei Fisch und Meerestieren gilt die Regel: Immer gut durchgaren! Dies gilt auch für bereits vorgegarte Garnelen oder Krebstiere. Diese erhitzen Sie am besten kurz vor dem Essen erneut.

- Fischerzeugnisse aus Vollkonserven können Sie normalerweise bedenkenlos verzehren.
- Lagern Sie die Fischkonserven nach dem Öffnen im Kühlschrank und nicht länger als einen Tag.

Industriell hergestellte Fischmarinaden in stark saurem Aufguss können Sie auch bedenkenlos essen (zum Beispiel Bismarckheringe, Rollmöpse oder Heringsröllchen). Lagern Sie die Lebensmittel bei circa 4 bis 6 Grad im Kühlschrank und verbrauchen Sie sie innerhalb von 2 Tagen.

Fisch, Fischerzeugnisse und Meerestiere, die nicht gegessen werden sollten:

- roher Fisch und rohe Meerestiere (zum Beispiel Sushi, Fisch-Carpaccio, Sashimi, Austern)
- geräucherte oder gebeizte Fischerzeugnisse (zum Beispiel Räucherlachs, Stremellachs, geräucherte Forelle, Räuchermakrele, Graved Lachs)
- Fischerzeugnisse, die gekühlt werden müssen (zum Beispiel Matjes, Sahnehering; Ausnahme: saure Fischmarinaden)
- Fisch mit einem hohen Anteil an Quecksilber (Thunfisch, Schwertfisch, Heilbutt, Hecht, Hai, Torpedobarsch, Zackenbarsch)

Feinkost, Vorspeisen und Antipasti:

Zugreifen dürfen Sie gerne bei **verpackter** Antipasti, Oliven sowie ohne Kühlung haltbaren Salatdressings und hocherhitzter Mayonnaise. Feinkostartikel sollten Sie bei 4 bis 6 Grad lagern und innerhalb von 2 bis 3 Tagen verbrauchen.

Feinkost, Vorspeisen und Antipasti, auf die Sie lieber verzichten sollten:

- **offene** Feinkostsalate und Antipasti (zum Beispiel aus einer Verkaufstheke)
- Pasteten
- Feinkostsalate mit Zutaten wie Matjes etc.

Obst, Gemüse, Salate, Kräuter:

Erhitzen Sie bereits gegartes Gemüse und Kräuter vor dem Essen erneut. Dies gilt auch für tiefgekühlte Lebensmittel. Diese sollten auf über 70 Grad erhitzt und am besten sofort verzehrt werden. Zugreifen dürfen Sie in der Regel bei verpackten Säften, Smoothies sowie Obst- und Gemüsekonserven. Generell empfiehlt es sich, alle frischen Zutaten unmittelbar vor dem Essen zuzubereiten und sofort frisch auf den Tisch zu bringen.

Gemüse, Blattsalate, Kräuter und Obst, die Sie meiden sollten:

- ungewaschenes Obst und Gemüse, ebenso ungewaschene Kräuter und Salate
- vorgefertigte Salate (zum Beispiel Schnitt- und Mischsalate, Krautsalat)
- rohe Sprossen und Keimlinge
- Frucht- und Gemüsesäfte sowie Smoothies, die vermeintlich frisch gepresst an Saftständen erhältlich sind

Getreideerzeugnisse und Backwaren:

Getreideerzeugnisse wie Brot oder Müsli dürfen Sie gerne verzehren. Kuchen, der vollständig durchgebacken wurde, ist ebenfalls kein Problem. Bei Kuchen mit Sahne, Crème oder Pudding oder auch mit rohen Früchten sollten Sie sich vorher vergewissern, dass diese auch tatsächlich frisch sind und keine Unterbrechung in der Kühlkette hatten. Tiefkühlbackwaren tauen Sie am besten schonend im Kühlschrank auf. Selbst hergestellte oder aufgetaute Backwaren mit Crèmes oder Sahnefüllungen sollten Sie ausreichend kühlen und in maximal 2 Tagen verzehren. Pausenbrote und Ähnliches aus frischen Zutaten sollten Sie gut kühlen. Sollte dies nicht möglich sein, so ist ein Verzehr innerhalb von 2 Stunden empfehlenswert.

Getreideerzeugnisse und Backwaren, die gemieden werden sollten:

- Vorgefertigte Sandwiches und belegte Brötchen (zum Beispiel aus der Bäckertheke). Lassen Sie sich dies im Bedarfsfall frisch zubereiten.
- Kuchen und Teilchen mit nicht durchgebackenen Füllungen wie Sahne oder Crèmes
- Getreidekeimlinge

Hygiene- Tipps:

1. Hände gut waschen:

Dies ist besonders vor der Essenszubereitung empfehlenswert genauso wie nach der Verarbeitung von rohen Lebensmitteln. So vermeiden Sie die Übertragung von Bakterien.

2. Lebensmittel:

Verarbeiten Sie rohe und ungewaschene Lebensmittel erstens getrennt voneinander (zum Beispiel Gemüse nicht mit Fleisch in Berührung bringen) und auch getrennt von bereits zubereitetem Essen. So vermeiden Sie die Übertragung von Krankheitserregern von rohem Fleisch auf bereits zubereiteten Lebensmitteln.

3. Küche:

Achten Sie auf saubere Arbeitsflächen. Reinigen Sie das Spülbecken, Küchengeräte und Besteck, welches Sie benutzt haben am besten sofort nach Gebrauch mit heißem Wasser und Spülmittel. So vermeiden Sie Bakterienbildung. Wechseln Sie regelmäßig Ihre Spüllappen und -schwämme, ebenso wie die Spülbürste. Waschen Sie Ihre Geschirrtücher bei höchstmöglicher Temperatur.

Gewichtszunahme in der Schwangerschaft

Nach Möglichkeit sollten Sie bereits vor der Schwangerschaft darauf achten, dass Ihr Gewicht im Normalbereich liegt. Dies ist sowohl für den Schwangerschaftsverlauf als auch für die Geburt und die Gesundheit Ihres kleinen Schatzes sehr von Vorteil! Wenn eine Frau vor der Schwangerschaft bereits normalgewichtig ist, wirkt sich dies auf die Gesundheit von Mutter und Kind stärker aus als die reine Gewichtszunahme während der Schwangerschaft. Das haben Studien gezeigt.

Als Richtwert für eine normale Gewichtszunahme während der Schwangerschaft werden 11 bis 16 kg für eine normalgewichtige Frau angegeben. Je nach Ausgangsgewicht „dürfen“ Sie mehr oder weniger zunehmen, ohne dass gesundheitliche Nachteile entstehen.

Das Zusatzgewicht setzt sich in etwa zusammen aus circa 4 kg Fett, 1,6 kg Protein und 6,9 l Wasser im Körper einer Schwangeren, was vollkommen normal und auch nötig ist, damit das Ungeborene gesund und munter bleibt. Zum Ende der Schwangerschaft wiegen Babys im Durchschnitt 3,5 kg.

BMI	**Gewichtszunahme**
< 18,5 kg/m² (Untergewicht)	12 – 18 kg
18,5 – 25 kg/m² (Normalgewicht)	11 – 16 kg
25 – 30 kg/m² (Übergewicht)	7 – 11 kg
> 30 kg/m² (Adipositas)	5 – 9 kg

Sie können Ihren BMI im Internet kostenlos berechnen lassen. Geben Sie hierfür in Ihre Suchmaschine „BMI Rechner“ ein. Zur Berechnung des BMIs benötigen Sie ihr aktuelles Gewicht und Ihre aktuelle Größe.

Bei der Beurteilung der Gewichtszunahme müssen Sie also keine starren Regeln befolgen. Ein paar Schwankungen sind vollkommen in Ordnung. Und auch, wenn es vielleicht 20 kg sein sollten, die am Ende der Schwangerschaft mehr auf der Waage angezeigt werden, so muss das noch kein Grund zur Besorgnis sein. Vor allem in der Spätschwangerschaft können Verschiebungen des Wasserhaushaltes zu Fehlbeurteilungen des Gewichtes führen. Ab dem 2. Schwangerschaftsdrittel bemerkt man schier täglich die steigenden Kilos. Diese bestehen jedoch aus mehreren Faktoren. Nicht nur das Gewicht Ihres ungeborenen Kindes, auch der Mutterkuchen und das Fruchtwasser bringen Gewicht auf die Waage. Nicht zu vergessen ist die Zunahme der Brust, der Blutmenge ebenso wie die der Fettdepots. Viele Schwangere haben immense Wassereinlagerungen, was natürlich auch mit auf die Waage kommt. Diese Wassereinlagerungen verschwinden für gewöhnlich jedoch nach der Geburt wieder und schon allein dadurch können plötzlich so einige Kilos wieder weg sein.

Infobox Gewichtszunahme

Übergewichtige und adipöse Frauen haben während der Schwangerschaft erhöhte Risiken für Schwangerschaftsdiabetes, Bluthochdruck, Frühgeburten und Geburtskomplikationen. Das mütterliche Übergewicht erhöht beim Kind das Risiko für Übergewicht, Herzfehler und verschiedene weitere Fehlbildungen.

Supplemente: Eisen, Jod, Folsäure, Omega-3-Fettsäuren

Abgesehen davon, dass die Ernährung auch im „normalen Leben" eine wichtige Rolle spielt, hat sie gerade in der Schwangerschaft eine noch viel größere Bedeutung. Nährstoffe wie Vitamine und Mineralstoffe müssen in erhöhter Dosis zu sich genommen werden, um auch den Bedarf des Kindes zu decken. Insgesamt zeigen sich in Studien immer mehr Hinweise darauf, dass die Ernährung und Supplementierung nicht nur direkte Auswirkungen auf die Schwangerschaft und den Geburtsverlauf hat, sondern die Gesundheit des Kindes bis ins Erwachsenenalter hinein beeinflussen kann. Fachleute sprechen hierbei vom Konzept der **fetalen Programmierung**.

Hier die wichtigsten Informationen über Supplemente in einer Übersicht:

- Die Zufuhr von Makronährstoffen sollte entsprechend dem Empfehlungen angepasst werden – Makronährstoffe sind Eiweiße (auch Proteine genannt), Kohlenhydrate und Fette.
- Mikronährstoffe sind von großer Bedeutung und gerade in der Schwangerschaft haben Sie hier einen vermehrten Bedarf. Unter dem Begriff Mikronährstoffe versteht man Vitamine, Spurenelemente und Pflanzenstoffe.
- Der komplette zusätzliche Energiebedarf während der gesamten Schwangerschaft wird auf circa 80.000 kcal geschätzt! Das bedeutet täglich einen zusätzlichen Bedarf von circa 300 kcal.
- Eine Unterversorgung mit wichtigen Nährstoffen kann zu nachhaltigen Schädigungen des Kindes führen.
- Wichtige Nährstoffe, die zusätzlich zugeführt werden sollten, sind beispielsweise **Folsäure** (zusätzlich mindestens 400 µg pro Tag).
- Der Jodbedarf steigt in der Schwangerschaft deutlich an, daher sollten Sie 100 bis 200 µg **Jod** pro Tag zusätzlich zu sich nehmen.
- Auch bei **Eisen** haben Sie einen deutlichen Mehrbedarf – vor allem bei vegetarischer oder veganer Ernährung (zu diesem Punkt später mehr).
- **Vitamin D** ist wichtig für den Knochenstoffwechsel, das Immunsystem und eventuell auch zur Vorbeugung von Schwangerschaftsdiabetes.
- **Omega-3-Fettsäuren** sind für die kindliche Gehirnentwicklung von großer Bedeutung.

Empfehlung zur Mehraufnahme von Mikronährstoffen in der Schwangerschaft

Nährstoffe	Mehrbedarf	Gesamtzufuhr	Natürliche Quellen
Vitamin A	0,3 mg	1,1 mg	Pflanzen, Leber, Lebertran
Vitamin D	0 mg	5 mg	Margarine, Kalbfleisch, Milch, Seefisch
Vitamin B1	0,2 mg	1,2 mg	Weizenkeime, Nüsse
Vitamin B2	0,2 mg	1,2 mg	Milch, Eier, Nüsse, Fisch
Vitamin B6	0,7 mg	1,9 mg	Bohnen, Nüsse, Bananen
Vitamin B12	0,5 mg	3,5 mg	Leber, Eier, Nieren, Käse
Folsäure	400 µg	800 µg	Leber, Hefe, Spinat, Korn
Vitamin C	10 mg	110 mg	Zitrusfrüchte, Gemüse, Obst
Vitamin K	0 mg	60 mg	Pflanzen, Früchte, Leber
Eisen	15 mg	30 mg	Fleisch, Gemüse
Jod	30 mg	200 mg	Seefisch, Muscheln, Milch, Eier
Kalzium	0 – 200 mg	1000 – 1200 mg	Milch, Korn, Milchprodukte, Gemüse
Magnesium	0 mg	300 – 310 mg	Gemüse, Bananen, Milch
Fluorid	0 mg	1 mg	Wasser, Saft, Milch, Zahnpasta
Zink	3 mg	10 mg	Fleisch, Getreide, Milch

Modifiziert nach H. Schneider et al., 2006, Die Geburtshilfe, S. 223

Folsäure:

Eine zusätzliche Zufuhr von **mindestens 400 µg** Folsäure **pro Tag** wird bereits vor der geplanten Schwangerschaft empfohlen. Die Einnahme der Folsäure soll mindestens bis zum Ende des 1. Schwangerschaftsdrittels (1. bis vollendete 12. Schwangerschaftswoche) fortgesetzt werden. Wenn mit der zusätzlichen Folsäurezufuhr erst mit Bekanntwerden der Schwangerschaft begonnen wird, sind gegebenenfalls höhere Dosen Folsäure notwendig. Hierzu wird Sie Ihr Frauenarzt kompetent beraten.

Eine ausreichende Folsäurezufuhr ist wichtig für Zellteilungs- und Wachstumsprozesse. Folsäurereiche pflanzliche Lebensmittel wie grünes Blattgemüse, Kohl, Vollkornprodukte, Hülsenfrüchte, Tomaten und Orangen können während der Schwangerschaft gerne vermehrt verzehrt werden. Dennoch schaffen es nur circa 10% der Frauen die täglich empfohlene Menge an Folsäure alleine über die Nahrung aufzunehmen. Ohne Supplementierung ist der Folsäuremangel daher eine der **häufigsten Unterversorgungssituationen** in der Schwangerschaft.

Viele Studien konnten zeigen, dass eine Supplementierung von mindestens 400 µg Folsäure pro Tag das Risiko kindlicher Fehlbildungen am Nervensystem (Neuralrohrdefekte) deutlich vermindert. **Die Substitution von Folsäure vor und während der Schwangerschaft ist daher elementar wichtig.**

Eisen:

Schwangere haben insgesamt einen täglichen Eisenbedarf von 30 mg; dieser liegt damit **100% über dem Eisenbedarf einer nichtschwangeren Frau**. Das Eisen wird für das heranwachsende Baby, den Mutterkuchen und das vermehrte Blutvolumen der Schwangeren benötigt. Daher ist es wichtig, während der Schwangerschaft Lebensmittel zu essen, deren Form von Eisen für den menschlichen Körper gut verwertbar ist. Hierzu zählen Fleisch, Fleischwaren und Fisch. Weniger gut verwertbares Eisen steckt in pflanzlichen Lebensmitteln, vor allem in Vollkornprodukten. Die Aufnahme des Eisens aus der Nahrung kann zusätzlich unterstützt werden, indem gleichzeitig Vitamin-C-haltige Lebensmittel (zum Beispiel Zitrusfrüchte) verzehrt werden.

Eine zusätzliche Supplementierung von Eisen während der Schwangerschaft wird nicht grundsätzlich empfohlen, sondern erfolgt durch **individuelle Absprache** mit Ihrem betreuenden Frauenarzt.

Pflanzliche Lebensmittel mit hohem Eisengehalt:

Lebensmittel (100 g)	**Eisengehalt (mg)**
Amarant	7,6 mg
Haferflocken	4,4 mg
Linsen (gekocht)	3,1 mg
Tofu (fest)	2,8 mg
Kichererbsen (gekocht)	2,7 mg
Sesammus	8,8 mg
Mandelmus	3,6 mg
Mangold (gegart)	2,8 mg
Rucola	1,5 mg
Fenchel	2,7 mg
Marillen (getrocknet)	4,4 mg
Feigen (getrocknet)	3,2 mg
Pflaumen (getrocknet)	2,2 mg
Datteln (getrocknet)	2,0 mg

Modifiziert nach R. Plank, Sicherheit und Risiken vegetarischer und veganer Ernährung in Schwangerschaft, Stillzeit und den ersten Lebensjahren, 2019, S. 29

Jod:

Bereits vor und auch während der Schwangerschaft sollte auf eine ausreichende Jodzufuhr geachtet werden. Es empfiehlt sich, hierfür ausschließlich jodiertes Speisesalz zum Kochen zu verwenden. Außerdem werden 2-mal pro Woche der Verzehr von Meeresfisch und der regelmäßige Verzehr von fettarmen Milchprodukten empfohlen. Zusätzlich sollten Sie eine Supplementierung von **100 bis 200 µg** Jod **pro Tag** einnehmen. Wenn Sie an einer Schilddrüsenerkrankung leiden, ist eine individuelle ärztliche Beratung notwendig. Viele Frauen leiden an einer Schilddrüsenunterfunktion vom Typ Hashimoto. In diesem Fall besteht häufig auch ein Mangel an Selen, welcher während der Schwangerschaft dann selbstverständlich mitbehandelt werden sollte.

Infobox Jodmangel

Jodmangel ist in Deutschland weit verbreitet. Das Spurenelement Jod ist für die Produktion von Schilddrüsenhormonen wichtig. Wenn die Schilddrüse zu wenig Jod erhält, reagiert sie darauf mit einer erhöhten Produktion nicht ausreichend funktionstüchtiger Schilddrüsenhormone. Dadurch vergrößert sich die Schilddrüse und es entsteht die typische Jodmangel-Struma (auch Kropf genannt).

Da auch die kindliche Schilddrüse während ihrer Entwicklung Jod benötigt, braucht die Schwangere eine erhöhte Zufuhr dieses Spurenelementes. Ein Mangel an Jod während der Schwangerschaft kann beim Baby zu körperlicher und geistiger Entwicklungsverzögerung führen, die nicht mehr repariert werden kann.

Kalzium:

Der Kalziumbedarf während der Schwangerschaft ist ein wenig abhängig von Ihrem Lebensalter. Er beträgt circa 1000 mg beziehungsweise 1200 mg bei jüngeren Schwangeren. Als Faustformel gilt: Der Bedarf liegt circa bei 20% über der normalen Tageszufuhr.

Der Kalziumstoffwechsel während der Schwangerschaft wird durch vielfältige hormonelle Interaktionen verändert.

Eine tägliche Supplementierung von Kalzium ist per se nicht notwendig. Sie sollten aber dennoch auf den regelmäßigen Verzehr kalziumreicher Lebensmittel wie fettarme Milch und Milchprodukte achten.

Lebensmittel (100 Gramm)	Kalziumgehalt (mg)
Brokkoli (gegart)	118 mg
Rucola	160 mg
Grünkohl (gekocht)	177 mg
Kichererbsen (gekocht)	49 mg
Mohn	1438 mg
Sesam	975 mg
Mandelmus	170 mg
Sesammus	426 mg
Sojadrink	120 mg
Sojajoghurt	120 mg
Tofu (fest mit Kalziumsulfat)	683 mg

Modifiziert nach R. Plank, Sicherheit und Risiken vegetarischer und veganer Ernährung in Schwangerschaft, Stillzeit und den ersten Lebensjahren, 2019, S. 27

Magnesium:

Magnesium ist für eine Vielzahl von Zellreaktionen wichtig. Normalerweise ist Magnesium in ausreichender Menge in pflanzlichen und tierischen Produkten vorhanden. Der Bedarf während der Schwangerschaft liegt bei etwa 300 mg.

Ein Magnesiummangel kann durch gravierende Fehlernährung oder sehr schweißtreibende Tätigkeiten entstehen. Eine regelmäßige Supplementierung ist nicht notwendig. Sollten Sie allerdings unter nächtlichen Wadenkrämpfen oder Verstopfung leiden, kann ein Therapieversuch mit Magnesium sinnvoll sein.

Zink:

Zink ist ein Spurenelement, welches zahlreiche Funktionen an Enzymen übernimmt. Es wird oftmals in zu niedriger Menge aufgenommen. Ursachen hierfür können einseitige Ernährung, Mehrlingsschwangerschaften und Rauchen sein. Zink befindet sich unter anderem in Fleisch, Innereien, Getreidekeimen und Meeresfrüchten.

Zink befindet sich zum Beispiel in folgenden Lebensmitteln:

Lebensmittel (100 Gramm)	Zinkgehalt (mg)
Gouda	3,9 mg
Edamer	3,7 mg
Mozzarella	2,9 mg
Feta	2,9 mg
Haferflocken	3,6 mg
Dinkelmehl	3,3 mg
Vollkornmehl	3,3 mg
Quinoa (roh)	3,0 mg
Vollkornnudeln (roh)	2,0 mg
Linsen (gekocht)	2,0 mg
Kichererbsen (gekocht)	1,3 mg
Kürbiskerne	7,8 mg
Sesam	7,6 mg
Sesammus	4,6 mg
Mandeln	3,0 mg

Modifiziert nach R. Plank, Sicherheit und Risiken vegetarischer und veganer Ernährung in Schwangerschaft, Stillzeit und den ersten Lebensjahren, 2019, S. 31

Omega-3-Fettsäuren:

Die Supplementierung von Omega-3-Fettsäuren wird **spätestens ab dem 2. Schwangerschaftsdrittel** (ab 13. Schwangerschaftswoche) empfohlen. Die wichtigste Rolle spielt hierbei die Docosahexaensäure (**DHA**). Omega-3-Fettsäuren sind vor allem für die korrekte Ausbildung des kindlichen Nervensystems wichtig, können aber auch das Risiko für einen schwangerschaftsbedingten Bluthochdruck und eine Wochenbettdepression senken.

Um ausreichend Omega-3-Fettsäuren mit der Nahrung aufzunehmen, wird Schwangeren empfohlen, 2- bis 3-mal pro Woche fetten Seefisch zu essen. Da diese Empfehlung aber oftmals nicht dauerhaft umgesetzt wird, ist hier ebenfalls eine Supplementierung ratsam. Zur Supplementierung eignen sich Fischölkapseln in einer empfohlenen Dosierung von **mindestens 200 mg DHA pro Tag**. Für Schwangere, die keine Fischölkapseln einnehmen möchten, gibt es auch Präparate auf Algenbasis.

Vitamin D:

Ein Mangel an Vitamin D ist in Deutschland sehr weit verbreitet. In den letzten Jahren kam der Vitamin-D-Mangel zunehmend in den Fokus, da festgestellt wurde, dass Vitamin D nicht nur für den Knochenstoffwechsel wichtig ist, sondern auch vielfältige weitere Funktionen im Körper übernimmt, zum Beispiel bei der Funktion des Immunsystems.

Die Untergrenze des Vitamin-D-Spiegels liegt bei 30 ng/ml. Eine Supplementierung von Vitamin D während der Schwangerschaft ist sehr sinnvoll. Die aktuellen Empfehlungen gehen von einer Supplementierung von **800 IE bis 1000 IE Vitamin D pro Tag** aus. Allerdings scheint es deutlich sinnvoller zu sein, seinen aktuellen Vitamin-D-Spiegel beim Haus- oder Frauenarzt bestimmen zu lassen und dann entsprechend nach Bedarf Vitamin D zu substituieren. Der Zielwert für Vitamin D liegt bei 40 bis 60 ng/ml.

Es gibt Hinweise darauf, dass ein Mangel an Vitamin D bei einer Schwangeren zu einem erhöhten Risiko von Eklampsie und Schwangerschaftsdiabetes führen kann.

Bewegung während der Schwangerschaft

Leider ist in vielen Köpfen immer noch der Irrglaube vorhanden, dass sich Schwangere schonen sollen, um das Kind nicht zu gefährden. Doch wie heißt es so schön: Schwanger sein ist keine Krankheit! Schwanger sein ist eine wunderbare Erfahrung. Und was auf jeden Fall zu dieser Erfahrung gehört: Bewegung! Hier die wichtigsten Fakten zu dieser Thematik:

- Körperliche Aktivität in der Schwangerschaft ist auf jeden Fall sehr empfehlenswert und dient der Gesundheit von Mutter und Kind. Ihr Kind bekommt nicht nur Ihre Nahrung, sondern auch die Bewegung, Gefühle und vieles mehr mit.
- Versuchen Sie, täglich in Bewegung zu sein.
- Sportliches Training sollten Sie in der Schwangerschaft allerdings nur mäßig ausüben. Dazu zählen beispielsweise Extremsportarten wie Gewichtheben oder Ähnliches.

- Bitte sprechen Sie in solchen Fällen auf jeden Fall mit Ihrem/r zuständigen Arzt/Ärztin.

Körperliche Aktivitäten können in 3 Arten unterteilt werden:

1. Alltagsaktivitäten:

Wege zu Fuß oder mit dem Fahrrad erledigen, Treppensteigen sowie leichte Haus- und Gartenarbeiten zählen zu den Alltagsaktivitäten. Diese machen einen großen Teil der Bewegungszeit aus und sind nicht sehr belastend für Schwangere. Mit zunehmendem Gewicht fällt das Gehen der einen oder anderen Treppenstufe sicherlich weg, doch ein ausgedehnter Spaziergang erfüllt dann ebenso seinen Zweck.

2. Freizeitaktivitäten:

Ausgedehnte Spaziergänge oder Wandern (Wanderungen sollten nicht zu anstrengend sein), leichtes Fahrradfahren und Tanzen zählen zu diesen Freizeitaktivitäten. Diese Aktivitäten sind mäßig anstrengend, Sie kommen nicht zu viel außer Atem. Gerade auch die frische Luft und die Natur haben einen zusätzlichen gesundheitlichen Nutzen und können außerdem auch noch entspannend und wohltuend sein.

3. Sportliche Aktivitäten:

Sportliches Radfahren, Gymnastik, Schwimmen/ausgiebige Bewegung im Wasser sind sportliche Aktivitäten und werden für gewöhnlich mit intensiver Belastung ausgeführt. Bei diesen Aktivitäten schwitzt man und kommt ziemlich außer Atem. In Maßen sind diese Aktivitäten jedoch absolut förderlich für Ihre Gesundheit, Ihr Wohlbefinden und natürlich für Ihr kleines Ungeborenes. Neue Sportarten sollten Sie allerdings nach Möglichkeit erst wieder nach der Schwangerschaft in Angriff nehmen und während Ihrer Schwangerschaft auf die bereits bekannten Aktivitäten zurückgreifen.

Die Empfehlung ist, sich in der Schwangerschaft **täglich mindestens 30 Minuten** körperlich zu betätigen. Die Bewegung steigert Ihr eigenes Wohlbefinden und reduziert zusätzlich das Risiko für einen Schwangerschaftsdiabetes. Und ein weiterer nicht unerheblicher Pluspunkt: Sie können einer möglichen Gewichtszunahme durch „Heißhungerattacken“ wirksam vorbeugen.

Sportartempfehlungen während der Schwangerschaft

Empfohlen	Akzeptabel	Nicht empfohlen
„Aqua Fit“	Aerobics	Abenteuersportarten
leichtes Schwimmen	Laufen	Anaerobe Belastung (beispielsweise Sprints)
Spazierengehen	Schnorcheln	Ballsportarten
Radfahren auf Ergometer	Körperliche Aktivität bis zu einer Höhe von 2500 m	Kampfsportarten
(Nordic) Walking		Krafttraining
Wandern		Sportarten mit hohem Sturzrisiko
		Tauchen

Modifiziert nach P. Bung, Frauengesundheit in der Praxis, Lifestyle in der Schwangerschaft, 2021, S. 76

Allergieprävention

Das Thema Allergie ist ein Dauerbrenner der letzten Jahre und Jahrzehnte – mit ständig wechselnden Empfehlungen. Wundern Sie sich nicht, wenn Sie nicht auf dem aktuellen Stand sind. In diesem Abschnitt erkläre ich Ihnen das Wichtigste.

Es ist unerlässlich, über die Themen **Allergie** und **Allergieprävention** zu sprechen. Denn in den letzten Jahrzehnten ist die Anzahl der Menschen, welche an einer Allergie leiden, stetig gestiegen. Nur für wenige Formen der Allergie gibt es die Möglichkeit der ursächlichen Behandlung, zum Beispiel durch eine Hyposensibilisierung. Wenn die ursächliche Behandlung einer Erkrankung nicht oder nur eingeschränkt möglich ist, dann kommt der Verhinderung der Ausbildung dieser Erkrankungen eine besondere Rolle zu – dies wird **Prävention** genannt. Aus diesem Grund ist es wichtig, zu wissen, welche Möglichkeiten Sie haben, einer Allergieentwicklung bei Ihrem Kind vorzubeugen.

Entstehung einer Allergie

Bei einer echten Allergie reagiert das Immunsystem auf eigentlich ungefährliche, körperfremde Stoffe mit einer überschießenden Immunreaktion. Die eigentlich ungefährlichen Stoffe werden dann **Allergen** genannt. Kommt ein Allergiker in Kontakt mit seinem speziellen Allergen, treten innerhalb kurzer Zeit Symptome auf (zum Beispiel laufende Nase, Nesselsucht, juckende Augen, juckende Nase, Erbrechen, Durchfall, Jucken der Haut und Niesen). Wichtig ist hierbei, dass diese Reaktionen erst verzögert auftreten können. Es kann also sein, dass der Allergiker zum Beispiel die Erdnüsse beim ersten Mal Essen gut vertragen hat und plötzlich bei erneutem Verzehr allergische Symptome entwickelt. Ein wichtiger Hinweis auf eine Allergie ist, dass bei einer echten Allergie bereits kleinste Mengen des Allergens ausreichen, um eine allergische Reaktion zu verursachen.

Des Weiteren gibt es viele Reaktionen des Körpers, die den Anschein einer Allergie machen, aber keine Allergie sind. Hierzu zählen die **Pseudoallergie** oder andere **Unverträglichkeiten**. Diese Unverträglichkeiten können sich ebenfalls auf Nahrungsmittel oder Zusatzstoffe beziehen und treten in aller Regel schon beim Erstkontakt mit dem Nahrungsmittel oder Zusatzstoff auf.

Die genauen Ursachen für die Entstehung von Allergien sind bis heute nicht vollständig geklärt. Es ist allerdings bekannt, dass es nicht nur eine Ursache, gibt, sondern dass es sich um ein Zusammenspiel verschiedener Ursachen handelt. Einerseits spielt die Veranlagung eine wichtige Rolle. Das bedeutet, dass ein Kind, das mindestens ein Elternteil oder Geschwisterkind hat, welches an einer Allergie leidet, ein höheres Risiko hat, selbst eine Allergie zu entwickeln. Die Veranlagung für eine Allergie reicht alleine aber nicht aus. Damit sich eine Allergie entwickelt, müssen nun weitere (Umwelt-)Faktoren hinzukommen.

Die Veranlagung für eine Allergie können Sie nicht beeinflussen. Aber die weiteren (Umwelt-)Faktoren unterliegen teilweise Ihrem Einfluss, sodass sich hier Möglichkeiten der Allergieprävention ergeben.

Die Hygienehypothese beschreibt die Beobachtung, dass Kinder, die auf einem Bauernhof aufgewachsen sind, seltener an allergischen Erkrankungen leiden als Kinder, welche nicht auf einem Bauernhof aufgewachsen sind. Die Erklärung dafür ist, dass das Immunsystem der Kinder, die auf einem Bauernhof aufgewachsen sind, schon frühzeitig mit verschiedensten Mikroorganismen in Kontakt gekommen ist und dieser Kontakt einer möglichen Allergieentwicklung entgegenwirkt. Weitere Faktoren, die einer Allergieentwicklung entgegenwirken, sind der frühzeitige Kontakt zu anderen Kindern (zum Beispiel Geschwister oder Kinder in einer Spielgruppe) und die Auseinandersetzung des kindlichen Immunsystems mit Schmutz und Mikroorganismen. Eine übermäßige Hygiene und nahezu „sterile“ Bedingungen im Haushalt begünstigen eher eine Allergieentwicklung.

Ein weiterer Faktor, der einer Allergieentwicklung entgegenwirkt, ist die vaginale Entbindung. Schon vor der Geburt und während der vaginalen Entbindung gelangen Bakterien von der Mutter zum Kind. Diese „Pionierbakterien“ bestimmen zeitlebens das Kolonisierungsmuster des kindlichen Mikrobioms und bilden die Grundlage einer intakten Darmflora und damit die Basis der Ausrichtung des Immunsystems.

Das **Mikrobiom** ist die Gesamtheit aller Mikroorganismen (Bakterien, Viren und Pilze), die auf und im menschlichen Körper leben und die Funktion des Immunsystems maßgeblich beeinflussen.

Der Genuss potentiell allergieauslösender Nahrungsmittel (zum Beispiel Fisch) während der Schwangerschaft und der Stillzeit erhöht das Allergierisiko bei Ihrem Kind nicht. Das Allergierisiko erhöht sich allerdings, wenn Sie weniger als 2 Monate stillen und die Beikost verspätet einführen – nach dem 7. Lebensmonat.

Wenn Ihr Kind das Risiko hat, eine Allergie zu entwickeln, sollten Sie Passivrauchexposition und die Anschaffung einer Katze vermeiden. Laut aktuellen Empfehlungen geht die Anschaffung eines Hundes nicht mit einem erhöhten Allergierisiko einher.

In diesem Abschnitt haben Sie erfahren, dass es Faktoren gibt, die Sie nicht beeinflussen können (Veranlagung) und Faktoren, die Sie vielleicht beeinflussen können. Ob Ihr Kind eine Allergie entwickelt oder nicht, hängt von vielen Wechselwirkungen ab. Selbst wenn Sie alle Empfehlungen zu 100% umsetzen würden, bedeutet dies leider keine 100%-ige Garantie, dass Ihr Kind keine Allergie bekommt. Versuchen Sie im Rahmen der Allergieprävention das, was für Sie umsetzbar ist. Machen Sie die Regeln aber nicht zum Dogma und suchen Sie nicht die Verantwortung bei sich, wenn trotz aller Vorsichtsmaßnahmen doch eine Allergie bei Ihrem Kind entsteht. Nicht alles unterliegt unserer Kontrolle.

Allergien erkennen

Wenn Sie den Verdacht haben, dass Ihr Kind an einer Allergie leiden könnte, hilft nur der Gang zum Kinderarzt. Dieser wird Sie gründlich befragen. Er wird wissen wollen, um welche Symptome es sich handelt, von denen Sie glauben, dass sie Ausdruck einer Allergie sind. Dann kann der Arzt verschiedene Tests durchführen. Es kann sein, dass Ihrem Kind Blut abgenommen wird, um Proteine zu finden, die der Körper bei einer Allergie produziert (Immunglobulin E). Weiterhin gibt es die Möglichkeit, einen **Pricktest** durchzuführen. Hierbei bekommt Ihr Kind verschiedene Testsubstanzen auf den Unterarm getropft. Diese Testsubstanzen werden dann durch einen kleinen Stich (englisch: Prick) in die Haut eingebracht. Wenn eine Sensibilisierung gegen diese Substanzen vorliegt, kommt es am Unterarm zu einer Rötung in diesem Bereich. Eine Schwellung und Juckreiz treten ebenfalls auf.

Nun gibt es aber ein Problem: Wenn der Arzt einen auffälligen Bluttest oder Pricktest bei Ihrem Kind feststellt, dann heißt dies, dass Ihr Kind gegen diese Substanzen sensibilisiert ist – das Immunsystem Ihres Kindes reagiert bei diesen Substanzen mit der Ausschüttung bestimmter Botenstoffe, zum Beispiel Histamin. Aber ist das dann jetzt auch gleich eine Allergie? Nein! Um von einer Allergie zu sprechen, muss Ihr Kind auch bei echtem Kontakt mit dieser Substanz eine allergische Reaktion zeigen. Ein Beispiel: Ihr Kinderarzt findet ein positives Testergebnis (Bluttest oder Pricktest) für Apfel bei Ihrem Kind. Wenn Ihr Kind aber einen Apel isst, sind seither noch nie allergische Symptome aufgetreten. Dann ist Ihr Kind gegen Apfel sensibilisiert, hat aber keine Allergie. Es braucht daher nicht auf Äpfel verzichten. Ein weiteres Beispiel macht deutlich, wann eine Allergie wirklich eine Allergie ist: Ihr Kinderarzt stellt bei Ihrem Kind einen auffälligen Test (Bluttest oder Pricktest) für Erdnüsse fest. Wenn Ihr Kind Erdnüsse isst, bekommt es innerhalb kurzer Zeit beispielsweise einen juckenden Hautausschlag, Husten, laufende Nase und angeschwollene Lippen. In dieser Konstellation ist von einer Allergie gegen Erdnüsse zu sprechen und Ihr Kind sollte Erdnüsse (erstmal) nicht mehr essen.

Es gibt auch Allergien, die nicht durch einen Bluttest nachgewiesen werden können. Hier hilft dann oft ein sogenannter **Provokationstest**. Bei diesem verzichtet Ihr Kind über einen bestimmten Zeitraum zum Beispiel auf Milch, die als Allergen vermutet wird. Nach dieser Karenz wird versucht, Milch wieder zum Trinken zu geben. Wenn dann typische Allergiesymptome auftreten, ist davon auszugehen, dass Ihr Kind allergisch auf Milch ist. Diesen Provokationstest dürfen Sie auf keinen Fall ohne ärztliche Unterstützung zu Hause durchführen. Es kann zu schweren allergischen Reaktionen kommen, die im schlimmsten Fall tödlich enden können. Richtige Allergiediagnostik gehört in die Hände eines Fachmanns!

Wichtige Allergien

Die Anzahl an Menschen, die an einer Allergie leiden, hat in den letzten Jahren deutlich zugenommen. Circa 20% der Kinder und Jugendlichen haben eine Allergie. Die häufigsten Allergien in diesem Alter sind:

Pollen, Hausstaubmilben, Tierhaare, Nahrungsmittel, Insektengifte

Nahrungsmittelallergien sind bei Kleinkindern eher selten und beziehen sich in 90% der Fälle auf Grundnahrungsmittel. Die wichtigsten allergieauslösenden Nahrungsmittel im Kleinkindalter sind:

Kuhmilch, Hühnerei, Fisch, Soja, Weizen, Nüsse (Erdnuss, Haselnuss, Walnuss, Cashewnuss, Pistazie), Sesam, Kiwi, Hülsenfrüchte

Bei älteren Kindern und Erwachsenen, die an einer Nahrungsmittelallergie leiden, ist diese oft Resultat einer Kreuzreaktion einer Pollenallergie. Die häufigsten pollenassoziierten Nahrungsmittelallergene sind:

Haselnuss, Apfel, Kiwi, Karotte, Soja, Steinobst, Sellerie

Allergieprävention während der Schwangerschaft

Allergieprävention sowie die richtige und konsequente Behandlung einer Allergie sind sehr wichtig, damit es nicht zu einem sogenannten **Etagenwechsel** kommt. Bei ungenügender Behandlung kann aus dem Heuschnupfen ein allergisches Asthma bronchiale werden. Kinder, deren Eltern an Allergien leiden, haben ein erhöhtes Risiko, selber eine Allergie zu entwickeln.

Nach aktuellem Stand lauten die Empfehlungen zur Allergieprävention unter anderem:

- Während der Schwangerschaft und der Stillzeit sollten Sie sich ausgewogen ernähren (**inklusive** dem Verzehr von potentiell allergieauslösenden Nahrungsmitteln wie Fisch und Nüssen).
- Entbinden Sie Ihr Baby möglichst auf natürlichem Weg.

- Mindestens bis zum Beginn des 5. Lebensmonats sollten Sie ausschließlich stillen.
- Die Beikosteinführung startet frühestens mit Beginn des 5. Lebensmonats und spätestens mit Beginn des 7. Lebensmonats (also: um den 6. Lebensmonat herum).
- Stillen Sie weiterhin bis mindestens zum 1. Geburtstag (gerne auch länger, wenn gewollt).
- Kinder, die ein Allergierisiko besitzen und nicht gestillt werden können, sollten bis zur Beikosteinführung Formulanahrung mit der Nachsilbe „HA" erhalten (zum Beispiel Pre-HA).

Vegetarische oder vegane Ernährung während der Schwangerschaft

Unterschiedliche Ernährungsformen gibt es scheinbar „wie Sand am Meer". In den letzten Jahren sind viele Menschen auf eine vegetarische oder gar vegane Ernährung umgestiegen. Und das oftmals aus gutem Grund: Zur Schonung der Umwelt, der natürlichen Ressourcen, der eigenen Gesundheit und zur Verbesserung des Tierwohls können diese Ernährungsformen einiges beitragen. Ob diese Ernährungsformen auch während der Schwangerschaft zu empfehlen sind und was es dabei zu beachten gibt, erfahren Sie in diesem Kapitel.

Vegetarische und vegane Ernährungsformen im Kurzüberblick:

- **Pesco-Vegetarier:** Isst pflanzliche Lebensmittel, Fisch, Eier, Milch und Milchprodukte. Gemieden werden Fleisch sowie alle daraus gewonnen Produkte.
- **Ovo-Lacto-Vegetarier:** Isst pflanzliche Lebensmittel, Eier, Milch und Milchprodukte. Gemieden werden Fleisch, Fisch sowie alle daraus gewonnen Produkte.
- **Lacto-Vegetarier:** Isst pflanzliche Lebensmittel, Milch und Milchprodukte. Gemieden werden Fleisch, Fisch, Eier sowie alle daraus gewonnen Produkte.
- **Ovo-Vegetarier:** Isst pflanzliche Lebensmittel und Eier. Gemieden werden Fleisch, Fisch, Milch, Milchprodukte sowie alle daraus gewonnen Produkte.

- **Veganer:** Isst nur pflanzliche Lebensmittel. Gemieden werden alle tierischen Lebensmittel ebenso wie Honig.

Epidemiologische Studien an Erwachsenen konnten zeigen, dass vegetarische und vegane Ernährungsformen mit einer Reduktion des Risikos für Volkskrankheiten wie Übergewicht, Adipositas, Zuckerkrankheit (Diabetes mellitus Typ 2), Bluthochdruck, Herzinfarkt und Schlaganfall einhergehen. Während der Schwangerschaft muss aber nicht nur der mütterliche Organismus mit allen Nährstoffen und Spurenelementen ausreichend versorgt werden, sondern auch der heranwachsende kindliche Organismus. Da selbst Mischköstlerinnen es beispielsweise bei den Nährstoffen Jod und Folsäure nicht schaffen, diese in ausreichender Menge mit der Nahrung aufzunehmen, ist die optimale Nährstoffversorgung bei vegetarischer und veganer Ernährung noch kritischer. Daher lautet die offizielle Empfehlung:

Während der Schwangerschaft eine ausgewogene Mischkost einzunehmen.

Ein kritischer Nährstoff bei vegetarischer/veganer Ernährung während der Schwangerschaft ist das **Vitamin B12**. Es ist ein essentielles Vitamin, welches fast ausschließlich über tierische Produkte wie Fleisch und Milchprodukte aufgenommen wird. In einer Studie konnte gezeigt werden, dass 39% vegetarisch ernährter schwangerer Frauen einen Vitamin-B12-Mangel aufweisen. Als alternative Vitamin-B12-Quelle in der veganen Ernährung werden gerne Shiitake-Pilze oder Meeresalgen angegeben. Diese enthalten aber ein biologisch unwirksames Vitamin B12. In einigen industriell hergestellten Lebensmitteln ist Vitamin B12 zugesetzt, aber in unzureichender Menge. Daher ist eine **Substitution** von Vitamin B12 bei schwangeren Vegetarierinnen oder Veganerinnen **zwingend erforderlich**.

Infobox Vitamin-B12-Mangel

Der menschliche Körper besitzt große Vitamin-B12-Speicher. Daher kann ein Mangel an Vitamin B12 bei Vegetariern oder Veganern über viele Jahre ohne körperliche Auswirkungen und damit unerkannt bleiben. Bei Erwachsenen mit einem deutlichen Vitamin B12 Mangel kommt es häufig zu Veränderungen des Blutbildes und der roten Blutkörperchen (megaloblastäre Anämie).

Ein besonderes Augenmerk liegt auf Schwangeren mit vegetarischer/veganer Ernährung. Beim Baby kann ein mütterlicher Vitamin-B12-Mangel während Schwangerschaft und Stillzeit zur Entwicklungsverzögerung, Intelligenzminderung, Krampfanfällen und muskulärer Schwäche führen. Diese Schäden sind durch eine nachträgliche Supplementierung nicht wieder vollständig rückgängig zu machen.

Empfehlungen zur Supplementierung von Vitamin B12:

- Veganerinnen können ohne Supplementierung von Vitamin B12 keine ausreichende Zufuhr sicherstellen.
- Bei veganen/vegetarisch ernährten Schwangeren sollte eine Bestimmung des Vitamin-B12-Status erfolgen.
- Während Schwangerschaft und Stillzeit kann eine tägliche Dosis von 50 bis 100 µg oder eine wöchentliche Dosis von 2000 µg (2 Einnahmen pro Woche à 1000 µg) die erforderliche Zufuhr von Vitamin B12 erfüllen.

Ein weiterer kritischer Nährstoff sind die **Omega-3-Fettsäuren**. Diese sind vor allem in Fisch zu finden. Aufgrund des primär tierischen Ursprungs von Omega-3-Fettsäuren können Veganerinnen diesen Bedarf in der Regel gar nicht decken. Eine Supplementierung ist hier notwendig, wird aber grundsätzlich auch für schwangere Vollköstlerinnen empfohlen.

Eine ausreichende Zufuhr an **Eiweiß** ist für die Entwicklung und das Wachstum des Kindes unverzichtbar. Eiweiß aus tierischen Nahrungsquellen enthält alle 9 essentiellen Aminosäuren (Grundbausteine des Eiweißes). Eiweiß pflanzlichen Ursprungs weist nicht alle 9 essentiellen Aminosäuren auf. Daher ist bei vegetarischer/veganer Ernährung die Kombination verschiedener pflanzlicher Eiweißquellen sinnvoll.

Gute pflanzliche Eiweißquellen stellen Hülsenfrüchte, Getreide, Sojaprodukte, Nüsse und Samen dar. Ovo-Lacto-Vegetarierinnen können ihren Eiweißbedarf in aller Regel ausreichend decken; Veganerinnen sollten pflanzliche Eiweißquellen miteinander kombinieren und insgesamt auf eine ausreichende tägliche Zufuhr über die Nahrung achten.

Tipps, wenn auf vegetarische/vegane Ernährung während der Schwangerschaft nicht verzichtet werden soll:

Wie erwähnt liegt die ganz klare Empfehlung auf dem Fokus, während der Schwangerschaft eine **Mischkost** zu **bevorzugen**, die zum größten Teil aus pflanzlichen und zum kleineren Teil aus tierischen Lebensmitteln besteht, inklusive Fisch und wenig Fleisch und Fleischerzeugnissen. Wenn Sie sich für die vegetarische/vegane Ernährung entscheiden, dann sollten Sie bitte folgende Punkte beachten.

- Nehmen Sie dauerhaft ein Vitamin-B12-Präparat ein und lassen Sie die Versorgung von Vitamin B12 regelmäßig vom Arzt kontrollieren.
- Achten Sie auf eine gute Auswahl von Lebensmitteln, die so viel benötigte Nährstoffe wie möglich enthalten, um die (erhöhte) Nährstoffversorgung, insbesondere die Versorgung mit den kritischen Nährstoffen, so ausreichend wie möglich sicherzustellen.
- Empfehlenswert ist auch die ärztliche Überprüfung, ob die Versorgung der kritischen Nährstoffe ausreichend ist. Sollte dies nicht der Fall sein und ein Nährstoffmangel vorliegen, so ist dringend zu empfehlen, die Ernährung umzustellen und/oder dementsprechende Zusatzpräparate zu sich zu nehmen, bis der Nährstoffmangel behoben ist.
- **Lassen Sie sich von einer qualifizierten Ernährungsfachkraft (Ernährungsberater/in) informieren und beraten.**
- Die grundsätzlichen Empfehlungen für Supplemente gelten natürlich auch bei vegetarischer/veganer Ernährung. Ggf. muss die Dosis der Supplemente erhöht werden

Übelkeit, Sodbrennen & Heißhunger

Dieser Abschnitt widmet sich den Themen Übelkeit, Sodbrennen und Heißhunger, welche bei einer Schwangerschaft auftreten können.

Schwangerschaftsübelkeit

Übelkeit während der Schwangerschaft betrifft circa ⅔ der Schwangeren! Sie sind also in bester Gesellschaft. Doch keine Sorge! Das geht vorbei! Schwangerschaftsübelkeit tritt gewöhnlich in der Frühschwangerschaft auf, meistens etwa 2 Wochen nach Ausbleiben der Periode und kann sich über das erste Schwangerschaftsdrittel verteilen.

Die normale Schwangerschaftsübelkeit ist für das Ungeborene nicht gefährlich. Es hat sich sogar gezeigt, dass es seltener Fehlgeburten gibt, als in Schwangerschaften, in denen keine Übelkeit auftrat. Wenn Sie jedoch den ganzen Tag unter Übelkeit leiden, dann ist das höchst unangenehm und kann auch gefährlich werden. Nämlich dann, wenn Sie als werdende Mama nicht genügend notwendige Nahrung bei sich behalten können. Sollten Sie mehr als 5-mal am Tag erbrechen müssen, dann ist das ein Zeichen für unzureichende Nahrungsaufnahme. In diesem Fall sollten Sie unbedingt mit Ihrem/r Arzt/Ärztin sprechen.

Tipps gegen die Übelkeit:

- Vor dem Aufstehen im Bett ein kleines Frühstück einnehmen, zum Beispiel Tee und Zwieback und dann erst 20 Minuten später aufstehen
- Über den Tag verteilt mehrere kleine Mahlzeiten einnehmen statt wenige große
- Stark gewürzte, sehr zuckerhaltige, fette und scharfe Speisen meiden – genauso wie Kaffee und kohlensäurehaltige Getränke
- Gerüche meiden, gegen die gerade eine Abneigung besteht
- Pflanzliche Mittel gegen Übelkeit (zum Beispiel Ingwer-Tropfen) können versucht werden
- Kräutertees (vor allem Pfefferminz, Melisse, Kamille, Fenchel, Anis) und Ingwertee können helfen
- Stilles, lauwarmes Wasser trinken
- Bitterstoffe aus Grapefruit, Rucolasalat, Artischocken
- Lutschen an frischer Zitronenscheibe
- für Entspannung im Alltag sorgen
- frische Luft einatmen

Heißhunger

Der berühmt-berüchtigte Heißhunger entsteht durch den veränderten Hormonhaushalt während der Schwangerschaft. Dieser bringt den Stoffwechsel durcheinander und in der Folge schwankt auch der Blutzuckerspiegel. Ist der Blutzuckerspiegel zu niedrig, weckt das den Heißhunger. Nun ist es sicherlich nicht schlimm, sich dem Heißhunger und den manchmal seltsamen Gelüsten einfach ab und zu hinzugeben. Dann essen Sie eben mal saure Gurken mit Nutella. Wenn es jedoch überhandnimmt, dann laufen Sie Gefahr, dass die Kilos langfristig ansetzen.

So können Sie dem Heißhunger entgegenwirken

Nehmen Sie mehrere und gesunde Mahlzeiten zu sich. Greifen Sie alle 2 bis 3 Stunden zusätzlich zu Ihren Hauptmahlzeiten wie Frühstück, Mittagessen und Abendessen zu einer gesunden Zwischenmahlzeit und umgehen so den Heißhunger. Beispiele für Zwischenmahlzeiten:

- Nüsse (Cashews, Mandeln und Walnüsse): Hierbei empfiehlt es sich, vorwiegend ungesalzene beziehungsweise Nüsse in „reiner" Form zu sich zu nehmen.
- Salat mit Kichererbsen

Durch die ausreichenden Nährstoffe und Eiweiße in den kleinen Snacks hat der Heißhunger praktisch keine Chance mehr.

Starten Sie den Tag mit einem Müsli oder Porridge. Haferflocken lassen den Blutzuckerspiegel nicht so schnell ansteigen und wirken damit dem Heißhunger entgegen. Ebenfalls empfehlenswert sind Vollkornprodukte, wenn Sie eher etwas Herzhaftes frühstücken möchten.

Dem **Pommes-Heißhunger** begegnen Sie am besten mit Kartoffelspalten und Quark.

Der **Schoki-Heißhunger** hat zugeschlagen? Besiegen Sie ihn mit möglichst dunkler Schokolade (hoher Anteil an Kakao) und lassen Sie das Schokoladenstück langsam auf der Zunge zergehen. Oft verschwindet der Schoki-Heißhunger so von selbst.

Gummibärchen durch **Studentenfutter** austauschen. Nüsse liefern die Extraportion gesundes Fett und Folsäure gleich mit.

Sodbrennen

Das Hormon Progesteron (Gelbkörperhormon) sorgt für das leidige Sodbrennen während der Schwangerschaft. Progesteron bereitet die Gebärmutter auf eine Schwangerschaft vor und sorgt weiterhin dafür, dass die Schwangerschaft erhalten bleibt. Während der Schwangerschaft lockert es aber auch den Schließmuskel am oberen Mageneingang. Die Magensäure fließt so leichter zurück in die Speiseröhre und versursacht dort das typische unangenehme Sodbrennen oder saure Aufstoßen. Im letzten Schwangerschaftsdrittel kommt außerdem noch erschwerend hinzu, dass die wachsende Gebärmutter den Magen nach oben drückt.

Tipps gegen Sodbrennen

Um dem Sodbrennen ein wenig Widerstand zu leisten, können Sie sich folgende Tipps zu Herzen nehmen:

- Essen Sie nicht zu viel auf einmal, sondern verteilen Sie Ihre Mahlzeiten auf mehrere kleine.
- Nehmen Sie sich genügend Zeit für jede Mahlzeit und genießen Sie diese ausgiebig und in Ruhe.
- Jeder Mensch – egal ob schwanger oder nicht – wird nach dem Essen träge und müde. Überwinden Sie Ihren inneren Schweinehund und legen Sie sich nach dem Essen nicht sofort hin, sondern machen Sie eventuell einen kleinen Verdauungsspaziergang.
- Schlafen Sie in der Nacht mit leicht erhöhtem Oberkörper; liegen Sie also nicht komplett waagrecht.
- Bei akutem Sodbrennen hilft es, Haferflocken, Weißbrot, Banane, ein Glas Milch, Joghurt, Nüsse oder Mandeln zu essen. Dadurch wird die Magensäure gebunden und das Sodbrennen lässt nach.

Schwangerschaftsdiabetes

Sicher haben Sie schon von der Zuckerkrankheit **Diabetes mellitus** gehört. Diabetes mellitus umfasst verschiedene Arten der Zuckerkrankheit mit verschiedenen Ursachen. Eine Unterform ist der Schwangerschaftsdiabetes. Dies ist eine Störung des Blutzuckerstoffwechsels, welche während der Schwangerschaft auftritt.

In der Vorsorgeuntersuchung zwischen der 24. und 28. Schwangerschaftswoche wird mittels Blutentnahme der Zuckerwert gemessen und überprüft. Dieser Blutzuckerbelastungstest wird unter festgelegten Bedingungen bei Ihnen durchgeführt. Über die genaue Vorgehensweise informiert Sie Ihr behandelnder Arzt.

Große Babys als Folge von Schwangerschaftsdiabetes

Wenn Sie als Schwangere an Schwangerschaftsdiabetes leiden, kommt es zu einem vermehrten Zuckertransport über die Nabelschnur von der Mutter zum Kind. Die kindliche Bauchspeicheldrüse produziert daraufhin vermehrt Insulin, um die Zuckermoleküle in die Körperzellen zu transportieren und damit seinen eigenen Blutzuckerspiegel zu senken. Da das Hormon Insulin aber nicht nur für die Senkung des Blutzuckerspiegels zuständig ist, sondern ebenfalls einen Wachstumsfaktor darstellt, tritt ein vermehrtes Wachstum des Babys auf. Dies kann anschließend wiederum nachteilig bei der Geburt sein und erhöht das Risiko von Geburtskomplikationen (zum Beispiel der **Schulterdystokie**). Nach der Geburt haben diese Babys oftmals Probleme, ihren Blutzuckerspiegel aufrecht zu erhalten; sie neigen zur Unterzuckerung und müssen häufig ein paar Tage in der Kinderklinik mit Infusionen versorgt werden.

Wie kann man Schwangerschaftsdiabetes behandeln?

Als erstes wird Ihnen gezeigt, wie Sie selbst Ihren Blutzucker messen können. Sie erhalten ein kleines Messgerät für den Eigengebrauch. Beginnen Sie die Blutzucker-Messungen vor dem Frühstück sowie 1 Stunde nach Beginn der 3 Hauptmahlzeiten für insgesamt eine Woche, danach werden die Messungen pro Tag angepasst.

Sie machen zusätzlich eine Ernährungsberatung, die auf Ihre Gewohnheiten, persönlichen und kulturellen Einstellungen Rücksicht nimmt.

Die Ernährungsberatung erstellt mit Ihnen einen Plan, welche Speisen und Getränke gleichmäßig über den Tag verzehrt werden können, welche Speisen mit Kohlenhydratanteil begrenzt konsumiert werden dürfen und welche möglichst vermieden sollten, damit der Blutzuckerspiegel im normalen Bereich bleibt.

Falls ausreichend Bewegung und eine gesunde Ernährung nicht genügen, um den Schwangerschaftsdiabetes in den Griff zu bekommen, ist eventuell eine Therapie mit Insulinspritzen für die Zeit der Schwangerschaft notwendig. Insulin ist eigentlich ein körpereigenes Hormon, welches Ihren Blutzuckerspiegel senkt. Dadurch wird weniger Zucker zum Kind transportiert und das Gewicht Ihres Babys kann sich normal entwickeln.

Sollten Sie während der Schwangerschaft Schwangerschaftsdiabetes gehabt haben, ist es für Sie wichtig zu wissen, dass Sie ein **erhöhtes Risiko** haben, im Verlauf Ihres Lebens an **Diabetes mellitus Typ 2** (früher Alterszucker genannt) zu erkranken. Nutzen Sie also die Umstellung der Gewohnheiten gleich für einen gesünderen Lebensstil – auch nach der Schwangerschaft.

Selber kochen trotz Müdigkeit und Kraftlosigkeit

Gerade in den ersten Wochen der Schwangerschaft ist man müde und schlapp, sodass die Motivation zum Kochen fehlt. Zudem sind Sie womöglich noch vermehrt launisch, gereizt und erleben ein regelrechtes Gefühlschaos. Keine Sorge, das ist ganz normal während der Schwangerschaft! Es gibt auch hier Abhilfe und einige Möglichkeiten, wie man sich das Leben einfacher machen kann. Der Haushalt will ja trotzdem gemacht werden. Zusätzlich haben das kleine Ungeborene, womöglich der Partner und natürlich Sie selbst ja auch Hunger. Und von alleine steht das Essen auch nicht auf dem Tisch. Vorab: Keine werdende Mutter schafft es, ein 5-Gänge-Menü für ihren Liebsten vorzubereiten und den ganzen Tag in der Küche zu stehen. Gönnen Sie sich Ihre Ruhe und entspannen Sie, wenn möglich.

Lassen Sie sich gerne auch von Ihrem Partner behilflich sein. Gemeinsames Kochen macht nicht nur mehr Spaß, sondern fördert auch die gegenseitige Bindung und vor allem erleichtert es die Arbeit des Einzelnen. Hier ein paar Tipps:

- Kochen Sie ausreichend vor und frieren Sie es portioniert ein, wenn Sie einen „fitten Tag“ haben. Eine weitere Möglichkeit wäre auch, beim „normalen“ täglichen Kochen einfach mehr zu machen und den Rest einzufrieren. Kochen Sie beispielsweise Spaghetti-Soße, Suppen und Suppenbeilagen vor.
- Gehen Sie einmal pro Woche zum Großeinkauf, am besten in Begleitung des Partners, von Eltern oder einer Freundin. Dies hat gleich mehrere Vorteile: Sie können viel einkaufen, müssen aber nicht alles selbst schleppen. Das Einkaufen ist spaßiger und oft entstehen noch Rezeptideen oder Essensideen zum Vorkochen.

- Lassen Sie sich helfen! Verwandte, der Partner, Freunde – sie alle freuen sich bestimmt, Ihnen etwas Gutes tun zu können. Lassen Sie sich doch zum Beispiel einfach mal bekochen und entspannen Sie dabei. Während der Schwangerschaft fühlt man sich oft müde und schlapp. Haben Sie kein schlechtes Gewissen und lassen Sie sich ruhig verwöhnen von Ihrem wohlwollenden Umfeld. Genießen Sie es und freuen Sie sich für sich und Ihr Ungeborenes, allerlei Leckereien gekocht zu bekommen.
- Kochen Sie einfache Mahlzeiten und versuchen Sie nicht, zu perfektionistisch zu sein. Wenn Sie sich müde oder schlapp fühlen, können einfache Mahlzeiten für Sie besser sein. Wichtiger als ein perfektes Menü ist die Ruhe für Sie und Ihr werdendes Kind. Auch einfache Mahlzeiten sind sehr lecker; aufwendiges Essen braucht es nicht immer zu sein.

Saisonkalender

Um Sie bei der Planung Ihres Speiseplans ein wenig zu unterstützen, ist nachfolgend ein Saisonkalender für Obst und Gemüse aufgeführt.

Es spricht vieles dafür, auf regionales und saisonales Obst und Gemüse zurückzugreifen. Zum einen unterstützen Sie damit die heimatlichen regionalen anbauenden Unternehmen. Zum anderen tun Sie aktiv etwas für den Umweltschutz. Und außerdem schmeckt es viel besser, da lange Transportwege vermieden werden und Sie keine halbreif geernteten Lebensmittel erhalten, sondern wirklich frische Sachen auf dem Tisch haben.

Einige Lebensmittel lassen sich auch wunderbar lagern, sodass Sie diese das ganze Jahr über erhalten können.

In den ersten Monaten des Jahres ist dies etwas schwierig und die Auswahl ziemlich eingeschränkt. Hier spricht jedoch nichts dagegen, wenn Sie dann auch mal zu Importware greifen. Achten Sie dabei jedoch auf FairTrade-Produkte.

Gemüse, Salate und Kräuter

Januar	Grünkohl, Kürbis, Rosenkohl, Rettich
Februar	Grünkohl, Kürbis, Rosenkohl, Rettich
März	Rosenkohl, Spinat
April	Spargel, Spinat
Mai	Blumenkohl, Kohlrabi, Lauchzwiebeln, Radieschen, Rettich, Spargel, Spinat, Pak Choi, Romanesco
Juni	Blumenkohl, Brokkoli, Erbsen, Fenchel, Salatgurke, Rettich, Kohlrabi, Lauchzwiebeln, Radieschen, Spargel, Zucchini, Pak Choi, Paprika, Romanesco
Juli	Blumenkohl, Bohnen, Brokkoli, Erbsen, Fenchel, Rettich, Salatgurke, Kohlrabi, Lauchzwiebeln, Paprika, Radieschen, Auberginen, Staudensellerie, Tomaten, Zucchini, Pak Choi Artischocken, Mais, Romanesco
August	Auberginen, Blumenkohl, Bohnen, Brokkoli, Erbsen, Mais, Fenchel, Salatgurke, Kohlrabi, Kürbis, Lauchzwiebeln, Paprika, Radieschen, Rettich, Staudensellerie, Tomaten, Zucchini, Artischocken, Pak Choi, Romanesco
September	Auberginen, Blumenkohl, Bohnen, Brokkoli, Fenchel, Salatgurke, Kohlrabi, Kürbis, Lauchzwiebeln, Mais, Paprika, Radieschen, Rettich, Spinat, Staudensellerie, Tomaten, Zucchini, Artischocken, Pak Choi, Romanesco
Oktober	Auberginen, Blumenkohl, Bohnen, Brokkoli, Fenchel, Salatgurke, Kohlrabi, Kürbis, Lauchzwiebeln, Mais, Paprika, Radieschen, Rettich, Spinat, Staudensellerie, Zucchini, Tomaten, Artischocken, Pak Choi, Romanesco
November	Fenchel, Grünkohl, Kürbis, Rosenkohl, Spinat, Blumenkohl, Rettich, Brokkoli
Dezember	Grünkohl, Kürbis, Rosenkohl, Rettich
Ganzjährig	Champignons, Kartoffel, Lauch/Porree, Karotten, Rotkohl, Weißkohl, Wirsing, Zwiebeln, Salat, Kräuter, Chinakohl, Knollensellerie

Obst & Nüsse

Januar	Birnen, Haselnüsse, Walnüsse
Februar	Birnen
März	
April	Rhabarber
Mai	Erdbeeren, Rhabarber
Juni	Heidelbeeren, Erdbeeren, Himbeeren, Johannisbeeren, Kirschen, Rhabarber, Stachelbeeren
Juli	Aprikosen, Heidelbeeren, Brombeeren, Erdbeeren, Himbeeren, Johannisbeeren, Kirschen, Mirabellen, Pflaumen, Stachelbeeren, Zwetschgen, Nektarinen, Pfirsiche
August	Aprikosen, Birnen, Heidelbeeren, Brombeeren, Himbeeren, Johannisbeeren, Kirschen, Mirabellen, Pflaumen, Stachelbeeren, Wassermelone, Zwetschgen, Nektarinen, Pfirsiche
September	Birnen, Heidelbeeren, Brombeeren, Holunder, Mirabellen, Pflaumen, Wassermelone, Weintrauben, Zwetschgen, Haselnüsse, Maronen, Nektarinen, Pfirsiche, Walnüsse
Oktober	Birnen, Holunder, Weintrauben, Zwetschgen, Haselnüsse, Maronen, Walnüsse
November	Birnen, Haselnüsse, Maronen, Walnüsse
Dezember	Birnen, Haselnüsse, Maronen, Walnüsse
Ganzjährig	Äpfel

Die Praxis

Hinweise zu den Rezepten

Liebe Köchin,

in diesem Buch erhalten Sie leckere Rezepte für die Zubereitung verschiedener Mahlzeiten für Schwangere. Allerdings werden Sie in diesem Buch zu den Rezepten keine Bilder finden. „Was soll ein Kochbuch ohne Bilder?“, fragen Sie sich jetzt vielleicht. Nun, ein Kochbuch ohne Bilder hat viele Vorteile: In den großen, teuren Verlagsbüchern finden Sie zwar viele tolle Bilder, die Ihnen die Rezepte schmackhaft machen. Jeder, der so ein Rezept bereits ausprobiert hat, weiß aber, dass das eigene Gericht am Ende leider nicht so gut aussieht wie auf den Bildern.

Weiterhin kommt es oft vor, dass sich die Köchin das Rezept auf einen Extrazettel schreibt, damit das große Buch mit den tollen Bildern beim Kochen und Werkeln in der Küche ja nicht dreckig wird.

Deshalb besitzt dieses Kochbuch keine Bilder. Lassen Sie Ihrer Fantasie freien Lauf, nehmen Sie dieses Buch ruhig mit in die Küche. Es ist klein und handlich. Und wenn es mal einen Spritzer abbekommt, ist dies nicht so schlimm.

Die Rezeptideen dienen Ihnen zur Orientierung sowie Inspiration und dürfen selbstverständlich nach Belieben abgewandelt werden – haben Sie Mut und seien Sie kreativ.

Herzhaftes Frühstück

Gemüse-Feta-Omelett

ZUTATEN FÜR 4 PERSONEN

8 Eier · 100 ml Milch · Pfeffer · Jodsalz · 200 g Kirschtomaten · 2 Zucchini · 1 Aubergine · 2 Zehen Knoblauch · 100 g schwarze Oliven · 10 EL Öl · 4 Stiele Basilikum · 200 g Feta

1. Eier mit Milch verquirlen und mit Salz und Pfeffer würzen. Tomaten halbieren. Zucchini und Aubergine klein würfeln. Knoblauch schälen und durch die Knoblauchpresse pressen. Oliven klein schneiden.

2. 2 EL Öl in einer Pfanne erhitzen. Zucchini und Aubergine zusammen mit dem Knoblauch darin anbraten. Mit Salz und Pfeffer abschmecken und mit Basilikum bestreuen. Tomaten und Oliven vorsichtig unterheben.

3. In einer zweiten Pfanne 2 EL Öl erhitzen und etwa ein Viertel der Eiermasse darin von beiden Seiten anbraten. Auf einen Teller legen und mit etwa einem Viertel der Gemüsemischung belegen. Mit Feta bestreuen und zuklappen.

4. Punkt 3 für die restlichen drei Omeletts wiederholen.

TIPP: BIS ZUM SERVIEREN KÖNNEN FERTIGE OMELETTS BEI 50° C IM BACKOFEN WARMGEHALTEN WERDEN.

Karotten-Fenchel- Nuss-Frischkäse-Brot

ZUTATEN FÜR 2 PERSONEN

100 g Karotten · 100 g Fenchel · 1 Handvoll Babyspinat (35 g) · 150 g Frischkäse, 20% Fett · ½ Kästchen Kresse · 3 EL gemahlene Haselnüsse · 1 Spritzer Zitronensaft · Jodsalz · frisch gemahlener Pfeffer · Currypulver · 6 Scheiben Vollkornbrot

1. Karotten schälen und reiben. Fenchel putzen, waschen und würfeln. Babyspinat waschen und trocken schütteln. Kresse waschen.

2. Karotten und Fenchel mit dem Frischkäse gut vermengen.

3. Kresse und Haselnüsse unter den Frischkäse mischen. Mit Zitronensaft, Salz, Pfeffer und Curry abschmecken.

4. Vollkornbrote mit dem Aufstrich bestreichen, mit dem Spinat belegen und servieren.

TIPP: DIE HASELNÜSSE KÖNNEN AUCH DURCH SESAMSAAT UND DIE KRESSE DURCH SCHNITTLAUCHRÖLLCHEN ERSETZT WERDEN.

Avocado-Pilz-Omelett

ZUTATEN FÜR 4 PERSONEN

400 g Pilze · 1 Zwiebel · 2 EL Olivenöl · Jodsalz · Pfeffer · 10 Eier · 3 EL Milch · 150 g frischer Spinat · 150 g Fetakäse · 1 Avocado · 2 EL Quark

1. Pilze putzen und in dünne Scheiben schneiden. Zwiebel schälen und fein hacken. 1 EL Öl in einer Pfanne erhitzen und Pilze und Zwiebel darin braten. Mit Salz und Pfeffer würzen und beiseitestellen.

2. In der Zwischenzeit Eier mit Milch verquirlen und mit Salz und Pfeffer würzen. Mit dem restlichen Öl je ein Viertel der Eimasse zu einem Omelett backen.

3. Spinat waschen und trocken schütteln, den Feta grob zerbröseln und die Avocado klein schneiden.

4. Die fertigen Omeletts jeweils dünn mit Quark bestreichen. Anschließend eine Hälfte mit je einem Viertel Pilz-/Zwiebelmischung, Spinat, Avocado und Feta füllen. Zusammenklappen und servieren.

TIPP: DAS OMELETT IST AUCH EINE WUNDERBARE IDEE ZU EINEM SPÄTEN WOCHENENDFRÜHSTÜCK.

Puten-Vollkornbrötchen

ZUTATEN FÜR 2 PERSONEN

1 rote Paprikaschote · 1 Handvoll Babyspinat (35 g) · 2 Vollkornbrötchen · 4 EL Pesto · 6 Scheiben Putenbrust (à 20 g) · 4 Basilikumblätter

1. Paprika putzen, waschen und in Streifen schneiden. Spinat waschen.

2. Vollkornbrötchen aufschneiden und alle Hälften mit Pesto bestreichen.

3. Auf die unteren Hälften den Spinat verteilen, dann jeweils drei Scheiben Putenbrust darauflegen und mit Paprikastreifen und Basilikum garnieren.

4. Deckel drauf und servieren.

TIPP: MOZZARELLA-VARIANTE: STATT DER PUTENBRUST KANN MAN AUCH EINE KUGEL MOZZARELLA (AUS PASTEURISIERTER MILCH) UND STATT DER PAPRIKA 2 TOMATEN VERWENDEN. BEIDES IN SCHEIBEN SCHNEIDEN UND DIE BRÖTCHEN DAMIT BELEGEN.

Vollkorn-Pfannkuchen – herzhaft gefüllt

ZUTATEN FÜR 4 PERSONEN

200 g Weizen-Vollkornmehl · ½ TL Backpulver · ½ TL Salz · 3 Eier · 300 ml Mineralwasser · ½ Bund Schnittlauch · 300 g Blattspinat · 200 g Kirschtomaten · 1 Zehe Knoblauch · 3 EL Rapsöl · Pfeffer · 150 g Feta

1. Mehl mit Backpulver und Salz vermengen. Eier und Mineralwasser hinzufügen und zu einem glatten Teig verrühren. Den gewaschenen Schnittlauch in Röllchen schneiden und unter den Teig rühren. Teig 15 Minuten quellen lassen.

2. Spinat putzen und waschen. Tomaten halbieren. Knoblauch schälen und fein hacken.

3. 1 EL Öl in einem Topf erhitzen und Spinat und Knoblauch darin anschwitzen. Tomaten hinzufügen und mit Salz und Pfeffer abschmecken.

4. Öl in einer Pfanne erhitzen und mit jeweils einem Viertel des Teigs insgesamt 4 Pfannkuchen goldbraun backen.

5. Die Gemüsefüllung in die Mitte der 4 Pfannkuchen aufteilen, Feta darüber bröseln und Pfannkuchen zusammenklappen.

TIPP: PFANNKUCHEN LASSEN SICH MIT ALLEM MÖGLICHEN FÜLLEN. IRGENDETWAS IM KÜHLSCHRANK EIGNET SICH SICHERLICH – VON GEMÜSE ÜBER FLEISCH BIS FISCH UVM.

Butternut-Lauch-Quiche

ZUTATEN FÜR CA. 8 STÜCKE (30-cm-Quicheform)

250 g Mehl · ½ TL Backpulver · ½ TL Jodsalz · 4 Eier · 125 g Butter zimmerwarm · 1 Butternut-Kürbis · 2 Stangen Lauch · 1 EL Öl · Pfeffer · Cayennepfeffer · 150 g Bergkäse · 200 g Sahne · Chilipulver

1. Form einfetten. Backofen auf 200° C Ober-/Unterhitze vorheizen.

2. Mehl, Backpulver und Salz vermengen. 1 Ei und Butter hinzufügen und alles zu einem glatten Teig kneten. Teig auf einer bemehlten Arbeitsfläche etwas größer als die Backform ausrollen.

3. Teig in die gefettete Form geben, mit einer Gabel mehrmals einstechen und im Backofen ca. 15 Minuten vorbacken.

4. Butternut-Kürbis längs halbieren, die Kerne mit einem Löffel herausholen, Kürbis schälen und in kleine Würfel schneiden. Lauch putzen, längs durchschneiden und in feine Ringe schneiden

5. Öl in einer Pfanne erhitzen und Kürbis und Lauch 5 bis 10 Minuten anschwitzen. Mit Salz, Pfeffer und Cayennepfeffer nach Bedarf würzen. Gemüse auf dem Quicheboden verteilen.

6. Den Käse reiben und dann mit den restlichen Eiern und der Sahne verquirlen und mit Salz, Pfeffer sowie Chilipulver würzen. Über das Gemüse gießen und im Backofen etwa 30 Minuten fertigbacken.

TIPP: STATT BUTTERNUT-KÜRBIS KÖNNEN AUCH ANDERE KÜRBISSORTEN VERWENDET WERDEN, Z.B. HOKKAIDO. DIE BENÖTIGTE MENGE LIEGT BEI CA. 750 G FRUCHTFLEISCH.

Avocado-Schafskäse-Wrap

ZUTATEN FÜR 2 PERSONEN

1 Avocado · 1 Tomate · 1 Karotte · 50 g Feldsalat · 1 Bund Schnittlauch · 100 g Frischkäse, 20% Fett· Jodsalz · frisch gemahlener Pfeffer · 60 g Schafskäse (aus pasteurisierter Milch) · 2 Vollkorn-Tortillafladen (à 50 g)

1. Avocado halbieren, Kern entfernen, mit einem Löffel das Fruchtfleisch herausheben und in Streifen schneiden.

2. Tomate waschen, Strunk entfernen, halbieren und in Scheiben schneiden.

3. Karotte schälen und grob raspeln.

4. Feldsalat und Schnittlauch waschen und trocken schütteln. Schnittlauch in Röllchen schneiden.

5. Frischkäse mit Schnittlauch vermengen und nach Bedarf mit Salz und Pfeffer würzen.

6. Schafskäse in Scheiben schneiden.

7. Die Tortillafladen mit dem Frischkäse bestreichen. Gemüse und Käse auf den unteren Teil der Fladen legen und zusammenrollen.

8. Kurz vor dem Servieren Rollen schräg halbieren.

TIPP: RUCOLA-VARIANTE: STATT DER AVOCADO UND DER TOMATE KANN MAN AUCH WUNDERBAR 50 G RUCOLA UND ½ GELBE PAPRIKASCHOTE VERWENDEN

Käse-Kräuter-Omelett

ZUTATEN FÜR 2 PERSONEN

2 Kartoffeln (ca. 120 g) · 4 EL Rapsöl · 4 Eier · 2 EL gehackte Petersilie (glatt) · 2 EL gehackter Schnittlauch · Jodsalz · Pfeffer · 40 g geriebener Parmesan · 2 EL ungeschälte Mandeln, grob gehackt

1. Kartoffeln waschen, schälen und würfeln.

2. Rapsöl in einer beschichteten Pfanne erhitzen und die Kartoffelwürfel darin knusprig braun braten.

3. In der Zwischenzeit die Eier zusammen mit den gehackten Kräutern, etwas Salz und Pfeffer sowie dem geriebenen Parmesan verquirlen. Die gehackten Mandeln unter die Masse mengen.

4. Das restliche Öl in die Pfanne geben, die Eimischung über die Kartoffelwürfel gießen und bei mittlerer Hitze von jeder Seite 2 bis 3 Minuten braten.

TIPP: UM DEN ERHÖHTEN KALZIUMBEDARF IN DER SCHWANGERSCHAFT ZU STILLEN, LÄSST SICH DAS OMELETT MIT EINEM LECKEREN QUARK-DIP ERGÄNZEN: EINFACH CA. 300 G QUARK, SALZ, PFEFFER UND FRISCHE GEHACKTE KRÄUTER VERMENGEN UND ZUM OMELETT GENIEßEN.

Kräuter-Tomaten-Quiche

ZUTATEN FÜR CA. 12 STÜCKE (30-cm-Quicheform)

250 g Mehl · 125 g Butter · 4 Eier · ½ TL Jodsalz · 600 g gelbe und rote Tomaten · 50 g getrocknete Tomaten ohne Öl · 1 Bund Basilikum · ½ Bund Oregano · 100 g Bergkäse · 100 g Magerquark · 100 g Crème fraîche · 100 ml Sahne · Pfeffer

1. Backofen auf 180° C Ober-/Unterhitze vorheizen.

2. Mehl, Butter, 1 Ei, Salz und 2 EL Wasser zu einem glatten Teig kneten. In Frischhaltefolie gewickelt mindestens 30 Minuten in den Kühlschrank stellen.

3. Tomaten waschen und halbieren. Getrocknete Tomaten grob hacken. Einen Teil der Kräuter zur Seite legen, den Rest klein hacken. Käse reiben.

4. Die restlichen Eier zusammen mit Quark, Crème fraîche, Sahne, Kräuter, den getrockneten Tomaten und der Hälfte des Käses verrühren.

5. Masse mit Salz und Pfeffer würzen.

6. Teig etwas größer als die Quicheform ausrollen. In die gefettete Form verteilen und die Quarkmasse darauf verstreichen. Tomaten auf dem Quark verteilen und leicht andrücken. Mit dem restlichen Käse bestreuen und im Backofen ca. 40 bis 50 Minuten backen.

7. Nach dem Backen etwas auskühlen lassen, dann mit den beiseitegelegten Kräutern bestreuen und servieren.

Süßes Frühstück

Smoothie-Bowl mit Spinat und Früchten

ZUTATEN FÜR 4 PERSONEN

1 Apfel · 4 Bananen · 50 g Blattspinat · 8 EL Haferflocken · 150 ml Kokosmilch · 2 Kiwis · 4 EL Chiasamen · 120 g Blaubeeren · 6 EL Mandelblättchen

1. Apfel schälen, Kerngehäuse entfernen und in Stücke schneiden. Bananen schälen.

2. Beides zusammen mit Spinat, Haferflocken und Kokosmilch zu einem Smoothie pürieren.

3. Kiwis schälen und in Scheiben schneiden.

4. Smoothie auf 4 Schalen verteilen und mit Kiwischeiben, Chiasamen, Blaubeeren und Mandelblättchen garnieren.

Tipp: Für eine besonders cremige und erfrischende Smoothie-Bowl die Bananen am Vortag schälen, in Scheiben schneiden und einfrieren. Bei der Zubereitung dann gefroren zusammen mit den übrigen Zutaten pürieren.

Porridge Grundrezept

ZUTATEN FÜR 2 PERSONEN

400 ml Milch (alternativ 200 ml Milch und 200 ml Wasser) · 100 g Haferflocken · 1 Prise Jodsalz · 2 EL Honig (alternativ Agavendicksaft) · nach Belieben Zimt oder Vanillepaste

1. Milch in einem Topf zum Kochen bringen.

2. Haferflocken und Salz hinzufügen.

3. Hitze reduzieren und 5 Minuten unter Rühren köcheln lassen. Von der Kochstelle nehmen und noch 2 bis 3 Minuten ziehen lassen und dabei weiterrühren.

Himbeer-Blaubeer-Porridge

ZUTATEN FÜR 4 PERSONEN

200 g Porridge · 600 ml Wasser · 500 g Himbeeren · 250 g Heidelbeeren · 2 Handvoll Haselnüsse

1. Wasser in einem Topf erhitzen und Porridge unter Rühren kurz aufkochen.

2. Bei schwacher Hitze eindicken lassen, dabei ab und zu umrühren.

3. Himbeeren und Heidelbeeren waschen sowie Haselnüsse grob hacken.

4. Porridge auf vier Schalen aufteilen und mit Himbeeren, Heidelbeeren und Haselnüssen servieren.

TIPP: PORRIDGE SCHMECKT AUCH LECKER MIT HEIßEN HIMBEEREN. HIERZU DIE BEEREN PÜRIEREN, DANN DURCH EIN SIEB STREICHEN UND MIT ETWAS PUDERZUCKER ERHITZEN.

Hirse-Porridge mit Birnen

ZUTATEN FÜR 4 PERSONEN

400 ml Milch · 200 g Hirse · 1 Prise Jodsalz · ½ TL Zimt · 4 Birnen · 4 EL Haselnüsse · 4 EL Rosinen · 4 EL Naturjoghurt · 2 EL flüssiger Honig

1. Milch in einem Topf aufkochen, dann Hitze reduzieren.

2. Hirse, Salz und Zimt hinzufügen und ca. 15 Minuten unter Rühren köcheln lassen.

3. In der Zwischenzeit Birnen waschen und entkernen. 3 Birnen in kleine Würfel schneiden, die vierte Birne in dünne Spalten schneiden.

4. Die Birnenwürfel nach etwa 7 bis 8 Minuten Garzeit unter die Hirse heben.

5. Bei Bedarf etwas Milch nachgießen.

6. Haselnüsse grob hacken und zusammen mit den Rosinen unter den Porridge rühren.

7. Fertiges Porridge auf 4 Schalen verteilen. Birnenspalten darauf anrichten und mit je 1 EL Joghurt und ½ EL Honig verzieren.

Kokos-Joghurt-Bowl

ZUTATEN FÜR 4 PERSONEN

1 kg milder Naturjoghurt · 200 g Himbeeren · 200 g Heidelbeeren · 8 EL Haferflocken · 150 g Mandeln · 40 g Kokoschips

1. Himbeeren und Heidelbeeren waschen und vorsichtig trocknen.

2. Joghurt auf 4 Schalen aufteilen.

3. Mit je einem Viertel Himbeeren, Haferflocken, Heidelbeeren und Mandeln belegen.

4. Mit Kokoschips garniert servieren.

TIPP: DIESES REZEPT LÄSST SICH WUNDERBAR BEREITS AM VORABEND VORBEREITEN. DEN JOGHURT BEREITS AUF 4 SCHALEN AUFTEILEN, OBST WASCHEN UND DIE RESTLICHEN ZUTATEN BEREITLEGEN. SO MUSS DER JOGHURT IN DER FRÜH DANN NUR NOCH MIT ALLEN ZUTATEN BELEGT WERDEN UND EIN SCHNELLES FRÜHSTÜCK IST FERTIG.

Quinoa-Birnen-Brei

ZUTATEN FÜR 4 PERSONEN

2 weiche Birnen · 80 g Quinoa · 4 TL Rapsöl · 50 ml Wasser

1. Wasser in einem Topf zum Kochen bringen.

2. Quinoa gründlich waschen, in das Wasser geben und bei mittlerer Hitze zugedeckt für 10 bis 15 Minuten kochen lassen.

3. Birnen waschen, entkernen und in kleine Stücke schneiden.

4. Die Birnenstücke in den letzten 3 Minuten zum Brei zugeben.

5. Topf vom Herd nehmen, Rapsöl hinzufügen und den Brei mit einem Stabmixer fein pürieren.

TIPP: STATT BIRNEN KÖNNEN AUCH ÄPFEL VERWENDET WERDEN. ÄPFEL HABEN ALLERDINGS EINE LÄNGERE GARZEIT. DIESE SOLLTEN ETWA 7 MINUTEN MITKOCHEN.

Protein-Porridge

ZUTATEN FÜR 4 PERSONEN

200 g Haferflocken · 2 EL geschrotete Leinsamen · 800 ml Milch · 2 Bananen · 400 g körniger Frischkäse · 50 g Mandeln · 50 g Kürbiskerne · 1 Prise Jodsalz · 2 EL Ahornsirup · 200 g Blaubeeren

1. Milch zusammen mit Haferflocken und Leinsamen in einem Topf zum Kochen bringen.

2. Hitze auf niedrige Stufe reduzieren und unter Rühren köcheln lassen, bis ein dickflüssiger Brei entsteht. Je nach Bedarf noch etwas mehr Flüssigkeit hinzufügen.

3. Bananen schälen und in Scheiben schneiden. Die Hälfte davon kurz vor Ende der Kochzeit in das Porridge einrühren, die andere Hälfte zur Seite legen.

4. Topf vom Herd nehmen und den körnigen Frischkäse unterheben.

5. Mandeln und Kürbiskerne grob hacken und in einer Pfanne ohne Fett anrösten.

6. Ahornsirup und Salz dazugeben und karamellisieren lassen.

7. Porridge auf Schalen verteilen.

8. Mit den restlichen Bananenscheiben, den Blaubeeren und den gehackten Nüssen garnieren und servieren.

TIPP: DER KÖRNIGE FRISCHKÄSE SORGT FÜR DEN EXTRA SCHUB PROTEIN. ALTERNATIV KANN HIER AUCH MAGERQUARK, SKYR ODER EIN VEGANER QUARK VERWENDET WERDEN.

Pancakes ohne Ei

ZUTATEN FÜR 4 PERSONEN

300 g Mehl · 1 Päckchen Backpulver · 6 EL Zucker · 2 Päckchen Vanillezucker · 1 TL Jodsalz · ca. 500 ml Milch · Rapsöl zum Braten · Ahornsirup · frische Beeren

1. Mehl, Backpulver, Zucker, Vanillezucker und Salz in einer Schüssel mischen. Nach und nach Milch hinzugeben und zu einem glatten Teig verrühren.

2. Öl in einer Pfanne erhitzen.

3. Pro Pancake 1 EL Teig in die Pfanne geben, die Hitze reduzieren und ca. 1 Minute von jeder Seite braten.

4. Mit Ahornsirup und frischen Beeren garniert servieren.

TIPP: AUCH MIT MARMELADE ODER SCHOKOLADENCRÈME SCHMECKEN DIESE PANCAKES LECKER.

Leckere Frühstücks-Muffins

ZUTATEN FÜR 6 STÜCK

125 g Haferflocken · 1 TL Backpulver · ½ TL Zimt · 1 EL Rosinen · 1 EL Sonnenblumenkerne · 1 EL gemahlene Haselnüsse · 1 sehr reife Banane · 125 ml Buttermilch · 40 ml mildes Öl (z.B. Rapsöl) · Erdnussmus

1. Backofen auf 200° C vorheizen.

2. Haferflocken im Mixer zu Mehl mahlen und mit Backpulver, Zimt, Rosinen, Sonnenblumenkernen und gemahlenen Haselnüssen vermischen.

3. Banane mit einer Gabel zu Mus zerdrücken und mit Buttermilch und Öl gut verrühren.

4. Alles zusammen zu einem glatten Teig verrühren und in 6 gefettete Muffinformen verteilen.

5. Im vorgeheizten Backofen ca. 25 Minuten backen.

Entweder etwas abkühlen lassen oder gleich warm mit einem Klecks Erdnussmus genießen.

Nuss-Granola

ZUTATEN FÜR 6 PERSONEN

60 g getrocknete Datteln · 50 g gepuffter Quinoa · 80 g kernige Haferflocken · 2 EL Chiasamen · 30 g Mandeln · 30 g Cashewkerne · 30 g Paranusskerne · 50 g Kokosöl · 2 EL Agavendicksaft · Zimt · Bourbon-Vanille gemahlen

1. Backofen auf 150° C vorheizen.

2. Datteln in kleine Stücke schneiden und mit Quinoa, Haferflocken und Chiasamen mischen.

3. Mandeln, Cashewkerne und Paranüsse klein hacken und mit der Haferflocken-Dattel-Mischung vermengen.

4. Kokosöl in einem Topf erwärmen, den Topf dann vom Herd nehmen und den Agavendicksaft zugeben und vermischen.

5. Die Mischung zu den trockenen Zutaten hinzufügen und gut durchmischen. Mit Zimt und Vanille je nach Bedarf und Geschmack würzen.

6. Mischung gleichmäßig auf ein mit Backpapier ausgelegtes Backblech verteilen und im Backofen ca. 10 Minuten backen. Nach ca. 5 Minuten wenden.

7. Granola auskühlen lassen und in ein Schraubglas füllen.

Tipp: Beim Backen immer wieder nach dem Granola sehen, damit es nicht zu dunkel wird. Granola hat viele Einsatzmöglichkeiten, z.B. schmeckt es wunderbar zu Naturjoghurt, gemischt mit Haferflocken oder einfach als Topping auf dem Obstsalat.

Vollwertige Smoothies & alkoholfreie Cocktails

Himbeer-Buttermilch

ZUTATEN FÜR 1 PORTION

250 ml Buttermilch · 125 g Himbeeren · 4 EL zarte Haferflocken · 1 TL Chiasamen · 1 EL Mandeln · 1 EL Ahornsirup

Himbeeren gut waschen.
Alle Zutaten zusammen in einen Mixer geben und gut vermengen.

TIPP: DIESES REZEPT EIGNET SICH HERVORRAGEND ALS KLEINES FRÜHSTÜCK, DA ES DURCH DIE HAFERFLOCKEN, CHIASAMEN UND MANDELN EINE GUTE SÄTTIGUNGSGRUNDLAGE IST.

Mango-Buttermilch mit Ingwer

ZUTATEN FÜR 1 PORTION

350 ml Buttermilch · ½ Mango (ca. 200 g Fruchtfleisch) · 2 TL Tahin · 1 EL zarte Haferflocken · 1 Stück Ingwer (1 cm) · 1 TL Agavendicksaft nach Belieben

1. Die Mango schälen, das Fruchtfleisch vom Kern schneiden und grob würfeln. Zusammen mit der Buttermilch, dem Tahin und den Haferflocken fein pürieren.

2. Ingwer schälen, durch eine Knoblauchpress drücken und zum pürierten Getränk dazugeben

3. Ja nach Belieben und Geschmack noch etwas nachsüßen.

TIPP: DANK DEM INGWER HAT DIESER MANGO-DRINK DIE FÄHIGKEIT, GEGEN DIE MORGENÜBELKEIT BEI SCHWANGEREN ZU HELFEN. STATT TAHIN KANN AUCH MANDELMUS VERWENDET WERDEN.

Maracuja-Mango-Buttermilch

ZUTATEN FÜR 1 PORTION

2 Maracujas · 1 Mango · 400 ml Buttermilch · Zucker nach Bedarf · Eiswürfel

1. Maracuja halbieren und das Fruchtfleisch mit einem Löffel herauslösen. Mango schälen, entkernen und in Würfel schneiden.

2. Maracuja, Mango und Buttermilch in einen Mixer geben und alles gut pürieren

3. Je nach Reifegrad der Mango mit etwas Zucker abschmecken und sofort mit Eiswürfeln servieren.

Tipp: Vor allem an heißen Tagen ist dieses Rezept eine gelungene Erfrischung. Um das Verwässern der Buttermilch durch die Eiswürfel zu verhindern, kann man auch Buttermilch in eine Eiswürfelform geben und so Buttermilch-Eiswürfel herstellen.

Heidelbeer-Walnuss-Smoothie

ZUTATEN FÜR 1 PORTION

150 g Heidelbeeren · 2 Walnüsse · 1 EL zarte Haferflocken · 4 EL probiotischer Vanillejoghurt · 2 EL Orangensaft · 1 TL Honig

1. Walnüsse grob zerkleinern. Heidelbeeren waschen.

2. Beides zusammen mit den Haferflocken, dem Joghurt, dem Orangensaft und dem Honig in einen Mixer geben und alles gut durchmixen.

3. In ein Glas gießen und genießen.

Tipp: Bei Verdauungsproblemen kann man den Saft durch Naturmolke ersetzen und den Honig durch Milchzucker. In der Stillzeit regen Weizenkeime statt Haferflocken die Milchbildung an.

Spinat-Apfel-Bananen-Smoothie

ZUTATEN FÜR 1 PORTION

1 Handvoll Spinat · 1 Handvoll Feld- oder Kopfsalat · 1 großer Apfel · 1 Banane · 1 Orange oder 2 bis 3 Mandarinen · ½ Salatgurke · ½ Zitrone · 150 ml Wasser

1. Spinat, Feldsalat, Apfel und Salatgurke gut waschen. Banane und Orange schälen und in Stücke schneiden. Apfel samt Schale und Kerngehäuse vierteln. Salatgurke in dicke Scheiben schneiden.

2. Obst und Gurke in den Mixer geben. Dann den Saft einer halben Zitrone hinzufügen Spinat und Salat dazugeben und mit Wasser auffüllen.

3. Ca. 1 Minute mixen, bis alles gut vermengt ist.

4. In ein Glas füllen und genießen.

TIPP: DIESER SMOOTHIE IST EIN OPTIMALER EISEN- UND FOLSÄURE-LIEFERANT, MIT DEM MAN BESTENS GESTÄRKT IN DEN TAG GEHEN KANN.

Erdbeer-Bananen-Smoothie

ZUTATEN FÜR 1 PORTION

100 g Erdbeeren · 2 Bananen · frischer Basilikum nach Bedarf · Crushed Ice nach Bedarf

1. Banane schälen und in Stücke schneiden. Erdbeeren waschen.

2. Alle Zutaten in den Mixer geben und so lange mixen, bis noch kleine Fruchtstückchen übrig sind und die Konsistenz passend ist.

3. In ein Glas füllen und genießen.

Heidelbeer-Minz-Smoothie

ZUTATEN FÜR 1 PORTION

150 g Heidelbeeren · 1 Banane · 1 TL Flohsamen · Minze nach Bedarf · Crushed Ice oder kaltes Wasser nach Bedarf

1. Banane schälen und Heidelbeeren waschen.

2. Zusammen mit den Flohsamen und der Minze in den Mixer geben und alles gut mixen.

3. Nach und nach Wasser oder Crushed Ice hinzufügen, bis die gewünschte Konsistenz erreicht ist.

4. Genießen!

TIPP: FLOHSAMEN REGELN DIE VERDAUUNG UND ZÄHLEN ZU DEN NATÜRLICHEN, IN DER SCHWANGERSCHAFT ERLAUBTEN, ABFÜHRMITTELN. PRO TAG SOLLTEN ALLERDINGS MAXIMAL 3 TL FLOHSAMEN VERZEHRT WERDEN.

Bananen-Mandel-Zimt-Smoothie

ZUTATEN FÜR 1 PORTION

2 Bananen · 3 EL Mandelmus · 2 EL feine Haferflocken · ½ TL Zimt · Crushed Ice oder kaltes Wasser nach Bedarf · gehackte Mandeln zum Garnieren

1. Bananen schälen und in Stücke schneiden.

2. Bananen, Mandelmus, Haferflocken und Zimt in den Mixer geben und gut durchmischen.

3. Wasser oder Crushed Ice hinzufügen und mixen, bis die gewünschte Konsistenz erreicht ist.

4. In ein Glas füllen, mit gehackten Mandeln dekorieren und schlemmen.

TIPP: HAFERFLOCKEN SIND MITUNTER DAS GESÜNDESTE GETREIDE. DIES LIEGT UNTER ANDEREM AM HOHEN EIWEIßANTEIL UND DEN VITAMINEN B1 UND E.

Exotischer Smoothie-Traum

ZUTATEN FÜR 1 PORTION

1 Mango · 1 Kiwi · Saft von 1 Orange · 4 Ananasscheiben · 1 TL Flohsamen · Crushed Ice oder kaltes Wasser nach Bedarf

1. Mango schälen, das Fruchtfleisch vom Kern entfernen und in Stücke schneiden. Kiwi schälen und vierteln.

2. Obst und Orangensaft im Mixer gut vermischen.

3. Mit Wasser oder Crushed Ice auffüllen und bis zur gewünschten Konsistenz weitermixen.

4. In ein Glas füllen und vor dem Servieren mit Flohsamen bestreuen

Gemüse-Smoothie

ZUTATEN FÜR 1 PORTION

2 Handvoll Spinat · 4 bis 5 Brokkoli-Röschen · ½ Avocado · 1 grüner Apfel · Saft von 1 Zitrone · Crushed Ice oder kaltes Wasser nach Bedarf

1. Spinat und Brokkoli waschen. Avocado schälen und Fruchtfleisch entnehmen. Apfel entkernen und vierteln.

2. Alles zusammen mit dem Zitronensaft im Mixer mixen. Je nach Bedarf so lange Wasser auffüllen und weitermixen, bis ein sämiger Smoothie entstanden ist.

3. In ein Glas füllen und ausgiebig schmecken lassen.

TIPP: DAS CRUSHED ICE KANN AUCH DURCH NATURJOGHURT ODER MILCH ERSETZT WERDEN, WAS EINE LECKERE UND ERFRISCHENDE VARIANTE ERGIBT.

Nuss-Avocado-Smoothie

ZUTATEN FÜR 1 PORTION

240 ml Mandelmilch · 2 EL Mandeln gemahlen · 2 EL Leinsamen gemahlen · 2 EL Mandelbutter · ½ Banane · ½ Avocado

1. Banane schälen und stückeln. Avocado schälen und das Fruchtfleisch entnehmen.

2. Alle Zutaten in den Mixer geben und so lange mixen, bis der Smoothie die gewünschte Konsistenz erreicht hat. Je nach Bedarf kann noch Milch und/oder Wasser nachgefüllt werden.

3. In ein Glas füllen und den Energiekick genießen.

TIPP: IN DEN NÜSSEN SIND WERTVOLLE OMEGA-3-FETTSÄUREN ENTHALTEN. UND DIE AVOCADO MACHT DIESEN SMOOTHIE ZU EINER ENERGIEQUELLE.

Blutorangen-Ingwer-Cocktail

ZUTATEN FÜR 4 PERSONEN

3 Blutorangen · 1 walnussgroßes Stück Ingwer · 2 EL Kleehonig · 500 ml Wasser · Eiswürfel

1. Eine der drei Blutorangen in dünne Scheiben schneiden. Die anderen beiden entsaften.

2. Ingwer schälen und fein würfeln.

3. Mit dem Blutorangensaft Blutorange und Ingwer übergießen.

4. Nach Bedarf mit Honig süßen.

5. Mindestens 1 Stunde durchziehen lassen.

6. Vor dem Servieren Cocktail mit Wasser und Eiswürfeln auffüllen.

TIPP: FRISCHER INGWER HILFT BESONDERS GUT BEI SODBRENNEN UND ÜBELKEIT.

Abendsonne-Cocktail

ZUTATEN FÜR 4 PERSONEN

ca. 25 ml Grenadine · 4 Grapefruits · Eiswürfel

1. Grapefruits entsaften und Eiswürfel auf vier Longdrink-Gläser aufteilen.

2. Grenadine zu jeweils einem Viertel darüber gießen und mit dem frisch gepressten Grapefruitsaft auffüllen.

3. Mit einem Löffel oder Trinkhalm vorsichtig umrühren. So entsteht ein toller Verlauf zwischen dem roten Sirup und dem Grapefruitsaft und erinnert an die Farben der Abendsonne.

4. Trinkhalm in das Glas, zurücklehnen und genießen.

TIPP: BEIM KAUF VON GRENADINE LIEBER ETWAS MEHR GELD AUSGEBEN UND AUF DIE INHALTSSTOFFE ACHTEN. IN DEN BILLIGEREN VARIANTEN IST MEIST KEIN FRUCHTSAFT, SONDERN NUR AROMA ENTHALTEN.

Erdbeer-Traum

ZUTATEN FÜR 4 PERSONEN

150 g Erdbeeren (TK oder frisch) · 1 Prise Zimt · 150 ml Milch · 3 EL süße Sahne · 1 TL Ahornsirup · 1 TL Hefeflocken

1. Frische Erdbeeren waschen, putzen und grob zerkleinern. Gefrorene Erdbeeren auftauen.

2. Erdbeeren zusammen mit der Milch, den Hefeflocken und der Sahne pürieren.

3. Mit Zimt, Ahornsirup und Zitronensaft abschmecken.

4. Bis zum Servieren in den Kühlschrank stellen.

TIPP: ZIMT BITTE NUR ÄUßERST SPARSAM VERWENDEN, DA DIESER BEI ÜBERMÄßIGEM KONSUM WEHENFÖRDERND SEIN KANN.

Orangen-Schoko-Shake

ZUTATEN FÜR 4 PERSONEN

4 Kugeln Vanilleeis · 80 ml Schokosirup · 80 ml Orangensirup · 320 ml Milch zum Auffüllen · 1 Becher Schlagsahne · 4 Orangenscheiben · Schokoraspeln zum Garnieren

1. Eis und Sirup im Mixer verquirlen.

2. Milch auffüllen und mixen, bis die gewünschte Cremigkeit erreicht ist.

3. Sahne steif schlagen.

4. Den Shake auf 4 Gläser aufteilen und mit Sahne, je einer Orangenscheibe und Schokoraspeln garnieren.

Aprikosen-Honig-Shake

ZUTATEN FÜR 4 PERSONEN

Gedünstete Aprikosen: 250 g Aprikosen · 1 EL Butter · 1 EL Zucker · ½ Zitrone

Cocktail: 2 TL Wildblüten-Honig · 375 ml Milch · Mineralwasser

1. Aprikosen waschen, entkernen und vierteln.

2. Die Butter erhitzen, den Zucker einrühren und leicht karamellisieren lassen.

3. Mit dem Zitronensaft ablöschen.

4. Die geviertelten Aprikosen in die Soße geben und etwa 2 bis 3 Minuten dünsten. Abkühlen lassen.

5. Die gedünsteten Aprikosen mit Honig und Milch in ein geeignetes Gefäß geben und pürieren.

6. Zum Servieren den Saft auf 4 Gläser verteilen und nach Belieben mit Mineralwasser auffüllen.

Tipp: Der Kauf eines Pürierstabes lohnt sich! Nicht nur lassen sich damit Zutaten wie Mango, Bananen oder Melonen zu geschmackvollen Milchgetränken verwandeln. Er ist später auch eine tolle Ergänzung für Babys Brei.

Caipirinha alkoholfrei

ZUTATEN FÜR 4 PERSONEN

2 Limetten · 8 TL brauner Zucker · 80 ml Ginger Ale · 120 ml Maracujanektar · Crushed Ice

1. Limetten in Achtelstücke schneiden.

2. Auf vier Longdrinkgläser aufteilen und jeweils 2 TL braunen Zucker darüber streuen.

3. Die Limettenstücke mit einem Holzmörser gut zerdrücken und mit dem Zucker vermischen.

4. Je 20 ml Maracujanektar sowie 30 ml Ginger Ale darüber gießen und die Gläser mit gecrushtem Eis auffüllen.

Mojito alkoholfrei

ZUTATEN FÜR 4 PERSONEN

4 Limetten · 16 Zweige frische Minze · 4 TL brauner Rohrzucker · ca. 4 EL Crushed Ice · Mineralwasser oder Zitronenlimonade

1. Limetten waschen.

2. 2 Limetten entsaften. Die anderen beiden achteln.

3. Longdrinkgläser bereitstellen und Limettensaft auf diese aufteilen.

4. Je 3 Zweige Minzblätter sowie je 1 TL Rohrzucker hinzufügen und alles gut zerdrücken.

5. Je 1 EL Eis dazugeben und den Rest des Glases mit Soda oder Zitronenlimonade auffüllen. Vor dem Servieren mit je einem Zweig Minze dekorieren.

Crodino Spritz

ZUTATEN FÜR 4 PERSONEN

200 ml Crodino · 200 ml alkoholfreier Schaumwein/Sekt · 160 ml Orangensaft · 200 ml Limonade · Eiswürfel · 4 Orangenscheiben

1. Einen Cocktail-Shaker oder ein ähnliches geeignetes Gefäß zur Hälfte mit Eiswürfeln füllen und Crodino, Orangensaft und Limonade hinzufügen.

2. Alles gut mixen.

3. Den Mix auf 4 Longdrinkgläser aufteilen und mit dem alkoholfreien Sekt auffüllen.

4. Der Crodino Spritz schmeckt am besten gut gekühlt.

Hugo alkoholfrei

ZUTATEN FÜR 4 PERSONEN

350 ml Ginger Ale · 100 ml Holunderblütensirup · 2 Limetten · 4 Zweige frische Minze · 400 ml gekühltes Mineralwasser · Eiswürfel

1. 4 Weingläser bis zur Hälfte mit Eiswürfeln oder Crushed Ice füllen.

2. Limetten waschen, halbieren und entsaften.

3. Ginger Ale, Holunderblütensirup und den Saft aus der Limette gut vermengen und alles auf die Gläser verteilen.

4. Jeweils einen Minzzweig hineingeben und mit Mineralwasser auffüllen.

5. Die Limetten in Scheiben schneiden und bis auf 4 Scheiben mit in den alkoholfreien Hugo geben.

6. Mit den restlichen 4 Scheiben die Weingläser dekorieren.

TIPP: WER ES ETWAS SÜßER MÖCHTE, KANN STATT GINGER ALE AUCH ZITRONENLIMONADE VERWENDEN.

Zitronen-Karotten-Smoothie

ZUTATEN FÜR 1 PORTION

125 g Zitronensorbet · 180 ml Karottensaft · Eiswürfel

Alle Zutaten in den Mixer geben und auf höchster Stufe glattrühren.

TIPP: KAROTTEN LIEFERN BETA-KAROTIN. DIESES WIRD VOM KÖRPER IN VITAMIN A UMGEWANDELT UND UNTERSTÜTZT DIE AUGEN, DIE LUNGE UND DAS HERZ DES BABYS.

Grüner Smoothie gegen Morgenübelkeit

ZUTATEN FÜR 1 PORTION

300 ml Kokosmilch · 1 Handvoll grüne Trauben · 1 Handvoll Gurke · ½ reife Avocado · ¼ TL Ingwer · Kokosblütenzucker nach Geschmack

1. Trauben waschen. Gurke in Stücke schneiden. Avocado schälen und Fruchtfleisch entnehmen. Ingwer schälen und reiben.

2. Alle Zutaten zusammen in den Mixer geben und bis zur gewünschten Konsistenz gut mixen.

3. In ein Glas füllen und gut in den Tag starten.

Piña Colada alkoholfrei

ZUTATEN FÜR 4 PERSONEN

700 ml Ananassaft · 200 ml Kokosmilch · 100 ml Sahne · 4 Ananasscheiben · Eiswürfel

1. Ananassaft, Kokosmilch und Sahne in einem geeigneten Gefäß gut durchmixen.

2. 4 Longdrinkgläser mit Eiswürfel füllen und den Mix darüber gießen.

3. Mit je einer Scheibe Ananas dekorieren und servieren.

Suppen

Gemüse-Fisch-Eintopf

ZUTATEN FÜR 4 PERSONEN

3 Stangen Lauch · 5 Karotten · 4 Kartoffeln · 4 EL Rapsöl · 500 ml Gemüsebrühe · 1 Dose gehackte Tomaten · 4 Seelachsfilets · 1 Zitrone · Schnittlauch · Jodsalz · Pfeffer

1. Lauch putzen und in Ringe schneiden.

2. Karotten und Kartoffeln schälen und würfeln.

3. Zitrone entsaften.

4. Öl in einem ausreichend großen Topf erhitzen.

5. Lauch, Karotten und Kartoffeln darin anschwitzen.

6. Gemüsebrühe und gehackte Tomaten hinzufügen und bei schwacher Hitze ca. 10 Minuten köcheln lassen.

7. Die Seelachsfilets in Würfel schneiden, mit in den Topf geben und ein paar Minuten gar ziehen lassen.

8. Mit Salz, Pfeffer und Zitronensaft abschmecken.

9. Mit frischem Schnittlauch garnieren und servieren.

Kürbis-Carpaccio-Suppe

ZUTATEN FÜR 4 PERSONEN

600 g Hokkaido-Kürbis · 200 g Kartoffeln · 4 kleine Zwiebeln · 80 ml Rapsöl · 4 TL Tomatenmark 800 ml Gemüsebrühe · Pfeffer · Curry · 200 g Carpaccio · 2 TL Senf · Sojasauce · 4 EL Sojacrème

1. Kürbis waschen, entkernen und in grobe Stücke schneiden. Kartoffeln waschen, schälen und grob raspeln. Zwiebel schälen und klein würfeln.

2. 40 ml Öl in einem ausreichend großen Topf erhitzen und Zwiebel darin glasig andünsten.

3. Kürbis, Kartoffeln, Tomatenmark und Curry hinzufügen und mitdünsten.

4. Mit Gemüsebrühe ablöschen und zugedeckt ca. 15 Minuten bei kleiner Hitze garen.

5. Das restliche Öl mit Senf und etwas Sojasauce vermischen und das Carpaccio damit marinieren.

6. Das Gemüse fein pürieren und mit Salz, Pfeffer und Sojacrème abschmecken.

7. Carpaccio kurz vor dem Servieren in die Suppe geben und etwa 2 Minuten darin ziehen lassen.

Karotten-Pastinaken-Ingwer-Suppe

ZUTATEN FÜR 4 PERSONEN

600 g Karotten · 4 Zwiebeln · 400 g Pastinaken · 80 ml Rapsöl · 400 ml Apfelsaft · 1 Stück Ingwer (ca. 3 cm) · 3 Knoblauchzehen · Jodsalz · Pfeffer · 1 TL Majoran-Blättchen · ca. 80 g geschälte Mandeln · 1,2 l Wasser

1. Karotten, Zwiebel und Pastinaken schälen und in Würfel schneiden. Ingwer und Knoblauch schälen.

2. Öl in einem ausreichend großen Topf erhitzen und die Gemüsewürfel darin etwa 2 Minuten anschwitzen.

3. Wasser und Apfelsaft hinzufügen und alles kurz aufkochen.

4. Ingwer und Knoblauch mit einer Knoblauchpresse in das Gemüse drücken.

5. Die Suppe ca. 10 Minuten köcheln lassen, bis das Gemüse gar ist.

6. Mit einem Pürierstab zerkleinern und mit Salz, Pfeffer und Majoran abschmecken.

7. Mandeln grob hacken und in einer Pfanne ohne Fett anrösten.

8. Suppe auf Teller anrichten und mit den gerösteten Mandeln garnieren.

Tortellini-Gemüse-Eintopf

ZUTATEN FÜR 4 PERSONEN

250 g Blattspinat · 2 Paprikaschoten · 250 g Kirschtomaten 2 Knoblauchzehen · 1 Zwiebel · 1 EL Öl · 500 ml Gemüsebrühe · 1 kg Tortellini mit Ricottafüllung · Jodsalz · Pfeffer · Cayennepfeffer

1. Spinat waschen und trocken schütteln. Paprika waschen, entkernen und würfeln. Tomaten waschen und halbieren. Knoblauch und Zwiebel schälen und fein hacken.

2. Öl in einem ausreichend großen Topf erhitzen und Zwiebel sowie Paprika darin anschwitzen.

3. Knoblauch und Spinat dazugeben und so lange garen, bis der Spinat zusammenfällt.

4. Mit Gemüsebrühe ablöschen.

5. Tortellini und Tomaten hinzufügen und ca. 5 Minuten ziehen lassen.

6. Mit Salz, Pfeffer und Cayennepfeffer abschmecken.

7. Auf Suppenschalen aufteilen und servieren.

TIPP: FÜR WÜRZIGE TORTELLINI PARMESAN REIBEN UND ÜBER DAS GERICHT STREUEN.

Süßkartoffel-Erdnuss-Eintopf

ZUTATEN FÜR 4 PERSONEN

1 große Zwiebel · 1 Stange Sellerie · 400 g Süßkartoffeln · 200 g Kartoffeln · 2 Zehen Knoblauch · 2 EL Öl · 2 bis 3 Lorbeerblätter · 150 g Linsen · 2 Dosen gehackte Tomaten · 2 EL Erdnussbutter · 1 Dose Kichererbsen · ½ Bund glatte Petersilie · 1 Limette · 1 kleiner Becher (125 g) Sojajoghurt · Jodsalz · Pfeffer · Kreuzkümmel · 750 ml Wasser

1. Zwiebel schälen, halbieren und in feine Streifen schneiden. Sellerie putzen, waschen und in Stücke schneiden. Süßkartoffeln und Kartoffeln schälen und würfeln. Knoblauch schälen und fein hacken. Kichererbsen abgießen. Limette entsaften. Petersilie waschen, trocken schütteln und hacken.

2. Öl in einem großen Topf erhitzen und die Zwiebeln glasig braten.

3. Lorbeerblätter hinzufügen und mitschmoren.

4. Sellerie, alle Kartoffeln und Knoblauch dazugeben und ca. 5 Minuten anbraten.

5. Linsen kurz mitbraten.

6. Mit Tomaten und Wasser ablöschen.

7. Mit Salz, Pfeffer und Kreuzkümmel je nach Geschmack würzen.

8. Erdnussbutter unterrühren und weitere 25 Minuten bei niedriger Hitze köcheln lassen.

9. Kurz vor Ende der Garzeit Kichererbsen unterrühren und mit Limettensaft abschmecken.

10. Den Eintopf auf Suppenschüsseln verteilen, mit Petersilie garnieren und zusammen mit dem Sojajoghurt servieren.

Tipp: Bei diesem leckeren Eintopf lohnt es sich auch, gleich die doppelte Menge zuzubereiten. Er schmeckt am nächsten Tag nämlich mindestens genauso gut.

Gemüsesuppe mit weißen Bohnen

ZUTATEN FÜR 4 PERSONEN

1 kleine Zwiebel · 2 Karotten · 1 Stange Lauch · 2 Stangen Sellerie · 2 Zehen Knoblauch · 2 TL Olivenöl · 4 EL Tomatenmark · 1 Dose (450 g) weiße Bohnen · 1 Dose stückige Tomaten · 1,5 l Gemüsebrühe · 1 Zweig Thymian · Jodsalz · Pfeffer · Petersilie zum Garnieren

1. Zwiebeln und Karotten schälen und fein würfeln. Lauch putzen und in Ringe schneiden. Sellerie putzen, waschen und würfeln. Knoblauch schälen und fein hacken.

2. Olivenöl in einem ausreichend großen Topf erhitzen und die Zwiebel darin kurz anbraten.

3. Karotten, Sellerie, Lauch und Knoblauch dazugeben und kurz weiterbraten.

4. Tomatenmark einrühren.

5. Bohnen zusammen mit den Tomatenstücken dazugeben.

6. Mit der Brühe aufgießen, Thymian hinzufügen und ca. 15 Minuten köcheln lassen.

7. Thymianzweig herausnehmen und mit Salz und Pfeffer abschmecken.

8. Auf Suppenschalen aufteilen und mit Petersilie garniert servieren.

TIPP: DIESE SUPPE KANN MIT VERSCHIEDENEM GEMÜSE NACH WAHL ZUBEREITET WERDEN. MAN SOLLTE NUR DARAUF ACHTEN, DASS DAS HÄRTERE GEMÜSE, WELCHES EINE LÄNGERE GARZEIT HAT, ZUERST IN DEN TOPF KOMMT.

Kartoffel-Würstchen-Suppe

ZUTATEN FÜR 4 PERSONEN

1 Zwiebel · 3 Karotten · 1,5 kg mehlige Kartoffeln · 3 EL Sonnenblumenöl · 1,5 l Gemüsebrühe · 2 Bockwürste · Jodsalz · Pfeffer · 2 TL getrockneter Majoran · ½ Bund Petersilie

1. Zwiebel schälen und würfeln. Karotten und Kartoffeln schälen und grob würfeln. Bockwürste in Scheiben schneiden. Petersilie waschen, trocken schütteln und fein hacken.

2. Öl in einem ausreichend großen Topf erhitzen und Zwiebel darin goldgelb anbraten.

3. Karotten und Kartoffelwürfel hinzufügen und mitdünsten. Mit Gemüsebrühe aufgießen, mit Salz, Pfeffer und Majoran abschmecken und etwa 20 Minuten bei mittlerer Hitze köcheln lassen.

4. Suppe mit dem Kartoffelstampfer zerdrücken oder mit dem Pürierstab pürieren.

5. Würste kurz vor dem Servieren in der Suppe erwärmen.

6. In Suppenschalen anrichten, mit Petersilie garnieren und servieren.

TIPP: DIE BOCKWURST KANN AUCH DURCH METTENDEN (AUSREICHEND ERHITZEN!) ODER FRANKFURTER WÜRSTCHEN ERSETZT WERDEN.

Kürbissuppe

ZUTATEN FÜR 4 PERSONEN

1 kg Hokkaido-Kürbis · 2 Kartoffeln · 1 Zwiebel · 2 Zehen Knoblauch · 2 EL Butterschmalz · 1,5 l Gemüsebrühe · 100 ml Sahne · Jodsalz · Pfeffer · Petersilie zum Garnieren

1. Kürbis waschen, halbieren, die Fasern mit den Kernen entfernen und in Würfel schneiden. Kartoffeln und Zwiebel schälen und würfeln. Knoblauch schälen und klein hacken. Petersilie säubern und klein hacken.

2. Butterschmalz in einem ausreichend großen Topf erhitzen und Zwiebeln und Knoblauch darin glasig anbraten.

3. Kürbiswürfel und Kartoffeln hinzufügen und ca. 3 Minuten andünsten.

4. Mit Gemüsebrühe ablöschen und die Suppe bei mittlerer Hitze ca. 30 Minuten köcheln lassen. Dabei gelegentlich umrühren.

5. Suppe pürieren.

6. Sahne hinzufügen und verrühren und mit Pfeffer und Salz abschmecken. In Suppenschalen aufteilen und mit Petersilie garniert servieren.

Tipp: Hokkaido muss nicht geschält werden. Variante: ⅓ der Gemüsebrühe durch Kokosmilch ersetzen und die Suppe mit Currypulver würzen. Dies ergibt einen etwas exotischen Geschmack

Hirse-Hackfleisch-Eintopf

ZUTATEN FÜR 4 PERSONEN

400 g Rinderhackfleisch · 2 Zwiebeln · 400 g Karotten · 400 g Staudensellerie · 2 EL Öl · 3 EL Tomatenmark · 300 g Hirse · 100 g Schmand · Jodsalz· Pfeffer · Paprikapulver edelsüß · ca. 500 ml Wasser

1. Zwiebel schälen und klein hacken. Karotten waschen und würfeln. Sellerie waschen und in dünne Scheiben schneiden.

2. Öl in einem ausreichend großen Topf erhitzen.

3. Hackfleisch und Zwiebel darin anbraten, bis das Hackfleisch schön krümelig ist.

4. Karotten, Sellerie und Tomatenmark hinzufügen, gut umrühren und vermengen. Dann weiterbraten, bis das Fleisch braun wird.

5. Hirse dazugeben und mit 500 ml Wasser aufgießen.

6. Zugedeckt ca. 25 Minuten köcheln lassen.

7. Mit Salz und Pfeffer abschmecken.

8. Schmand mit Paprikapulver bis zum gewünschten Geschmack würzen.

9. Eintopf auf Suppenschalen aufteilen und mit Schmand garniert servieren.

TIPP: FÜR EINE LAKTOSEFREIE VARIANTE KANN STATT SCHMAND MIT PAPRIKAPULVER AUCH AJVAR VERWENDET WERDEN.

Blumenkohl-Topf süß-pikant

ZUTATEN FÜR 4 PERSONEN

1 Kopf Blumenkohl · 2 Karotten · 3 EL Ghee · 200 g rote Linsen · 750 ml Kokosmilch · 400 g TK-Spinat · 1 Zwiebel · 2 Zehen · Knoblauch · ½ Bund frischer Koriander · ½ EL Koriandersamen · ½ TL Senfsamen · 6 getrocknete Aprikosen · ½ EL Curry · ½ TL gemahlener Ingwer · Jodsalz · 250 ml Wasser

1. Koriander- und Senfsamen im Mörser zerstoßen. Aprikosen hacken. Zwiebel und Knoblauch schälen und klein hacken. Blumenkohl putzen, waschen und in Röschen teilen. Karotten schälen und in Scheiben schneiden. Frischen Koriander waschen, trocken schütteln und klein hacken.

2. Koriander- und Senfsamen, Curry, Ingwer sowie Aprikosen gut miteinander vermengen.

3. Ghee in einem ausreichend großen Topf erhitzen.

4. Aprikosen-Würzmischung darin unter ständigem Rühren anrösten, bis es duftet.

5. Zwiebel und Knoblauch hinzufügen und mitrösten. Blumenkohl und Karotten dazugeben und mit anbraten. Dabei immer wieder umrühren.

6. Linsen, Kokosmilch sowie Wasser hinzufügen und aufkochen lassen.

7. Spinat hinzugeben, mit Salz würzen und ca. 20 Minuten köcheln lassen.

8. Auf Suppenschalen verteilen und mit frischem Koriander garniert servieren.

TIPP: GHEE IST GEKLÄRTE BUTTER, DIE BESONDERS IN DER INDISCHEN KÜCHE VERBREITET IST. ALTERNATIV KANN AUCH KOKOSÖL ODER EIN ANDERES ÖL NACH WAHL ZUM BRATEN VERWENDET WERDEN.

Linsen-Curry-Topf mit Koriander-Joghurt

ZUTATEN FÜR 4 PERSONEN

150 g rote Linsen · 3 EL Currypulver · 2 Zwiebeln · 1 Knoblauchzehe · 3 bis 4 Karotten · 1 Zucchini · 1 Bund Frühlingszwiebeln · 3 EL Öl · 400 g gehackte Tomaten · 1 EL Tomatenmark · Jodsalz · Pfeffer · ca. 600 bis 700 ml Wasser · 1 Bund Koriander · 300 g Naturjoghurt

1. Zwiebeln, Knoblauch und Karotten schälen und klein würfeln. Zucchini waschen und klein würfeln. Frühlingszwiebeln waschen und in Röllchen schneiden. Koriander waschen, trocken schütteln und fein hacken.

2. Öl in einem ausreichend großen Topf erhitzen.

3. Zwiebeln und Knoblauch darin anschwitzen.

4. Linsen, Zucchini, Karotten, Currypulver, gehackte Tomaten und Tomatenmark dazugeben und mit anschwitzen.

5. Mit Wasser ablöschen.

6. Frühlingszwiebeln hinzugeben und etwa 15 Minuten köcheln lassen, bis die Linsen gar sind. Bei Bedarf noch etwas Wasser hinzufügen.

7. Mit Salz, Pfeffer und Curry abschmecken.

8. Den gehackten Koriander unter den Joghurt rühren und mit Salz und Pfeffer je nach Bedarf würzen.

9. Den fertigen Eintopf in Suppenschalen verteilen und mit dem Koriander-Joghurt servieren.

TIPP: FALLS NACH DEM ESSEN NOCH KORIANDER-JOGHURT ÜBRIG SEIN SOLLTE, SO IST DIESER AUCH MIT GEMÜSESTICKS ODER ALS BROTBELAG LECKER.

Kokos-Karotten-Suppe

ZUTATEN FÜR 4 PERSONEN

300 g Karotten · 400 ml Kokosmilch · 1 große Zwiebel · 40 g Butter oder Margarine · 1 EL brauner Zucker · 400 ml Gemüsebrühe · 100 ml Orangensaft · Fruchtessig Passionsfrucht nach Bedarf · 80 g Sonnenblumenkerne 1 Bund Koriander · Jodsalz

1. Zwiebeln und Karotten schälen und klein würfeln.

2. Butter in einem ausreichend großen Topf erwärmen und die Zwiebeln und Karotten darin anschwitzen.

3. Zucker hinzufügen, kurz karamellisieren lassen und mit Orangensaft ablöschen.

4. Kokosmilch und Brühe hinzugeben und ca. 20 bis 25 Minuten köcheln lassen.

5. Suppe pürieren und mit Essig sowie Salz abschmecken.

6. Sonnenblumenkerne in einer Pfanne ohne Fett rösten. Koriander von den Stielen zupfen.

7. Die Suppe auf Suppenschalen aufteilen, mit Sonnenblumenkernen und Koriander garnieren und servieren.

Tipp: Auf Wunsch kann man die Suppe auch mit einem Teelöffel Currypaste würzen. Diese einfach zusammen mit den Karotten und Zwiebeln anschwitzen.

Pikanter Kartoffeleintopf

ZUTATEN FÜR 4 PERSONEN

500 g Kartoffeln (vorwiegend festkochend) · 3 bis 4 Karotten · 2 Stangen Lauch · 1 rote Zwiebel · 1 kleine Dose Kichererbsen · 200 g Räuchertofu · 2 EL Öl · 500 ml Gemüsebrühe · 1 Becher Crème fraîche · ½ Bund Petersilie · Jodsalz · Pfeffer · Muskatnuss

1. Kartoffeln schälen und in Würfel schneiden. Karotten und Lauch waschen und in Scheiben bzw. Ringe schneiden. Zwiebel schälen und klein hacken. Kichererbsen gut unter fließendem Wasser waschen (am besten in einem Sieb). Tofu würfeln. Petersilie klein hacken.

2. 1 EL Öl in einem ausreichend großen Topf erhitzen und Zwiebel, Kartoffeln und Karotten darin anschwitzen. Lauch hinzufügen und mit der Gemüsebrühe aufgießen. Ca. 15 bis 20 Minuten bei mittlerer Hitze köcheln lassen, bis das Gemüse und die Kartoffeln gar sind.

3. Etwa nach der Hälfte der Garzeit die Kichererbsen dazugeben.

4. 1 EL Öl in einer Pfanne erhitzen und Räuchertofu darin knusprig braten.

5. Kartoffeleintopf mit Salz, Pfeffer und Muskatnuss abschmecken.

6. In Suppenschalen verteilen, Räuchertofu dazugeben und mit Crème fraîche und Petersilie garniert servieren.

TIPP: RÄUCHERTOFU IST EIN TOLLER FLEISCHERSATZ FÜR EINTÖPFE, DA ER WUNDERBAR WÜRZIG SCHMECKT.

Kürbis-Ingwer-Birnen-Suppe

ZUTATEN FÜR 4 PERSONEN

1 Butternut-Kürbis · ca. 3 cm frischer Ingwer · 2 Birnen · 1 Zwiebel · 1 Stange Zitronengras · 2 EL Öl · 1 Prise frische Muskatnuss · 350 ml Gemüsebrühe · 200 ml Birnensaft · Jodsalz · Pfeffer · 1 Becher Crème fraîche · 40 g Kürbiskerne

1. Kürbis und eine der Birnen schälen und entkernen. Zwiebel und Ingwer schälen. Kürbis, Birne und Zwiebel grob würfeln. Ingwer fein würfeln. Zitronengras waschen und in feine Ringe schneiden.

2. Öl in einem ausreichend großen Topf erhitzen.

3. Zwiebeln, Ingwer, Zitronengras und frisch geriebene Muskatnuss darin kurz anrösten.

4. Kürbis und Birne dazugeben und mit anrösten.

5. Mit Gemüsebrühe und Birnensaft ablöschen und kurz aufkochen.

6. Ca. 20 Minuten bei mittlerer Hitze köcheln lassen, bis der Kürbis weich ist.

7. Suppe pürieren und mit Salz und Pfeffer abschmecken.

8. Kürbiskerne ohne Öl in einer Pfanne anrösten.

9. Die zweite Birne waschen, vierteln und in feine Scheiben schneiden.

10. Suppe auf Teller verteilen und mit Birnenscheiben, Crème fraîche und Kürbiskernen dekoriert servieren.

TIPP: EINE LECKERE VARIANTE SIND KARAMELLISIERTE BIRNEN ALS TOPPING. DAZU DIE BIRNENSCHEIBEN EINFACH IN EINER BESCHICHTETEN PFANNE MIT ETWAS ÖL UND ROHRZUCKER KARAMELLISIEREN LASSEN.

Borschtsch – vegetarische Art

ZUTATEN FÜR 4 PERSONEN

400 g Rote Bete, gekocht · 400 g Weißkohl · 400 g Kartoffeln, festkochend · 4 Karotten · 2 Zwiebeln · 2 Zehen Knoblauch · 2 EL Öl · 1 EL Tomatenmark · 1 kleine Dose stückige Tomaten · 1,5 l Gemüsebrühe · Jodsalz · Pfeffer · 1 EL Essig · 1 EL Zitronensaft · ½ Bund Dill · 1 Becher saure Sahne

1. Zwiebeln und Knoblauch schälen. Knoblauch fein hacken. Zwiebel halbieren und in feine Streifen schneiden. Kohl putzen, halbieren, den Strunk entfernen und Kohl in feine Streifen schneiden.

2. Öl in einem ausreichend großen Topf erhitzen.

3. Knoblauch und Zwiebeln darin dünsten.

4. Kohl hinzufügen und mit andünsten.

5. Tomatenmark hinzufügen und kurz mit anbraten.

6. Stückige Tomaten und Gemüsebrühe zu der Mischung hinzufügen.

7. Mit Salz und Pfeffer abschmecken und für 20 Minuten bei mittlerer Hitze köcheln lassen.

8. In der Zwischenzeit Kartoffeln schälen, Karotten waschen und beides grob würfeln. Rote Bete ebenfalls würfeln.

9. In den Topf dazugeben und kochen, bis die Kartoffeln gar sind.

10. Mit Essig und Zitronensaft abschmecken.

11. Dill waschen und zerkleinern.

12. Borschtsch in Suppenschalen verteilen und mit einem Schuss saurer Sahne und Dill garniert servieren.

„Wilde“ Kräutersuppe mit Parmesan- Croûtons

ZUTATEN FÜR 4 PERSONEN

2 Bund Frühlingszwiebeln · 4 Karotten · 4 Bund gemischte (Wild-)Kräuter nach Wahl (z.B. Petersilie, Brennnessel, Kerbel, Sauerampfer, Giersch) · 4 EL Öl · 80 g Hirsemehl · 1 l Gemüsebrühe · 4 Scheiben altbackenes Brot · 4 EL geriebener Parmesan · Jodsalz · Pfeffer · 1 Becher Schmand

1. Gemüse waschen und in dünne Scheiben schneiden. Kräuter waschen und grob hacken.

2. Öl in einem ausreichend großen Topf erhitzen.

3. Zwiebeln und Karotten ca. 2 bis 3 Minuten darin andünsten. Hirsemehl hinzufügen und mitdünsten.

4. Gemüsebrühe unter ständigem Rühren eingießen und ca. 5 Minuten bei mittlerer Hitze köcheln lassen.

5. In der Zwischenzeit das Brot würfeln und in einer Pfanne ohne Fett bis zum gewünschten Bräunegrad rösten. Pfanne vom Herd nehmen.

6. Parmesan hinzugeben und mit den Brotwürfeln vermengen.

7. Kräuter und Schmand zur Suppe hinzufügen und mit Salz und Pfeffer abschmecken.

8. Suppe pürieren. Bei Bedarf etwas Wasser hinzufügen.

9. Suppe auf die Teller aufteilen und mit Käse-Croûtons dekoriert servieren.

Schwarzwurzelsuppe mit Käse- Croûtons

ZUTATEN FÜR 4 PERSONEN

2 Zitronen · ca. 1 kg Schwarzwurzeln · Jodsalz · Pfeffer · geriebene Muskatnuss · 1 TL Johannisbrotkernmehl · 1 Becher süße Sahne · 4 Scheiben altbackenes Brot · 4 EL Butter · 120 g Hartkäse · ca. 1,2 l Wasser

1. Zitronen waschen, Schalen spiralig abschälen und den Saft auspressen.

2. Schalen und 8 EL vom Saft mit 1,2 l Wasser in einen Topf geben und gut mischen.

3. Schwarzwurzeln waschen, schälen und in Stücke schneiden mit ca. 3 cm Länge.

4. Diese sofort ins Zitronenwasser legen und mit Salz, Pfeffer und Muskatnuss würzen.

5. Aufkochen und bei kleiner Hitze ca. 20 Minuten garen.

6. In der Zwischenzeit das Brot würfeln und den Hartkäse reiben.

7. Butter in einer Pfanne erwärmen und Brot darin bis zur gewünschten Bräune rösten.

8. Mit etwas Salz und Pfeffer würzen.

9. Pfanne vom Herd nehmen und den Käse über die Brotwürfel streuen und schmelzen lassen.

10. Zitronenschalen aus den Schwarzwurzeln entfernen.

11. Die Hälfte der Schwarzwurzeln herausnehmen, den Rest mit dem Sud, dem Johannisbrotkernmehl und der Sahne pürieren.

12. Erneut aufkochen, weitere 2 Minuten köcheln lassen und mit Gewürzen abschmecken.

13. Auf Suppenteller verteilen und mit Croûtons garniert servieren.

TIPP: SCHWARZWURZELN ENTHALTEN VIEL MAGNESIUM UND SIND SOMIT EIN TOLLES LEBENSMITTEL FÜR DEN ERHÖHTEN BEDARF IN DER SCHWANGERSCHAFT UND STILLZEIT.

Pastinaken-Walnuss-Senf-Suppe

ZUTATEN FÜR 4 PERSONEN

500 g Pastinaken · 2 Sellerieknollen · 2 EL Öl · 60 g Walnusskerne · 1 l Gemüsebrühe · 2 EL Sahne · 2 EL Dijonsenf · 2 EL grober Senf · Jodsalz · Pfeffer · 2 Handvoll Basilikumblätter

1. Pastinaken und Sellerie waschen, schälen und klein würfeln.

2. Öl in einem ausreichend großen Topf erhitzen und die Gemüsewürfel ca. 2 Minuten darin andünsten.

3. Mit Gemüsebrühe ablöschen und die Walnusskerne hinzufügen.

4. Zugedeckt ca. 10 bis 15 Minuten bei mittlerer Hitze garen.

5. Nach der Garzeit pürieren und je nach Bedarf noch etwas Wasser hinzufügen.

6. Die Suppe mit Sahne, Senf, Salz und Pfeffer abschmecken.

7. Erneut kurz aufkochen lassen.

8. Basilikum waschen, trocken schütteln und klein hacken.

9. Suppe auf Tellern verteilen und mit Basilikum garniert servieren.

Tipp: Die Suppe eignet sich auch wunderbar für die Stillzeit. Zudem sind Pastinaken wegen ihrer guten Verträglichkeit bestens für den ersten Baby-Gemüsebrei (anstelle von Karotten) geeignet.

Frische Salate

Rote-Bete-Salat mit Feta und Walnüssen

ZUTATEN FÜR 4 PERSONEN

Für den Salat: 1 Bund frische Rote Bete · 100 g Feta · 50 g Walnüsse · 1 EL Honig · ½ Bund glatte Petersilie

Für das Dressing: 1 EL heller Balsamico · ½ TL Senf · Jodsalz · Pfeffer · 1½ EL Olivenöl

1. Rote Bete schälen und in ganz dünne Scheiben schneiden.

2. Feta in dünne Scheiben schneiden. Petersilie klein hacken.

3. Walnüsse grob hacken und in einer Pfanne ohne Fett rösten. Honig darüber träufeln, gut verrühren und karamellisieren lassen.

4. Aus der Pfanne nehmen und etwas abkühlen lassen.

5. Für das Dressing Balsamico mit Senf verrühren und mit Salz und Pfeffer je nach Geschmack würzen.

6. Öl unterschlagen.

7. Rote Bete, Feta und karamellisierte Walnüsse in eine Salatschüssel geben, gut vermengen und Dressing unterheben.

8. Petersilie unter den Salat heben.

Tipp: Anstatt der frischen Roten Bete kann auch die vorgekochte, vakuumierte verwendet werden. Zur Verarbeitung der frischen Knollen am besten Handschuhe verwenden, wenn man rot gefärbte Hände vermeiden möchte. Denn Rote Bete färbt sehr intensiv.

Warmer Romanasalat mit Hähnchenspießen

ZUTATEN FÜR 4 PERSONEN

2 Hähnchenbrustfilets (à 150 g) · 300 g Romanasalat · 2 Knollen Rote Bete (vorgekocht) · 2 Birnen · 1 Zwiebel · 60 g Walnusskerne · 3 EL Rapsöl · 2 EL Zucker · 125 ml Gemüsebrühe · 2 EL Balsamico-Essig · Jodsalz · Pfeffer

1. Hähnchenbrustfilets waschen, trocken tupfen und grob würfeln. Würfel auf 4 Holzspieße stecken.

2. Romanasalat waschen. Rote Bete mundgerecht würfeln. Birnen waschen, Kerngehäuse entfernen und mundgerecht würfeln. Zwiebel schälen und fein hacken. Walnusskerne grob hacken.

3. Öl in einem Topf erhitzen und Zwiebel darin anschwitzen. Zucker hinzufügen und karamellisieren.

4. Mit Gemüsebrühe und Essig ablöschen. Birnen, Romanasalat und Rote Beete unterheben und mit Salz sowie Pfeffer abschmecken.

5. Das restliche Öl in einer Pfanne erhitzen und die Hähnchenspieße braten.

6. Mit Salz und Pfeffer würzen.

7. Den Romanasalat auf Tellern anrichten und die Hähnchenspieße darauflegen.

8. Mit gehackten Walnüssen garniert servieren.

Tipp: Es gibt noch weitere Blattsalate, die man sowohl kalt als auch warm genießen kann. Feldsalat, Radicchio oder Chicorée kann man sehr gut einige Minuten dünsten und dann warm servieren.

Rucola-Orangen-Salat mit Avocado

ZUTATEN FÜR 4 PERSONEN

Für den Salat: 3 Orangen · 300 g Rucola · 1 Avocado

Für das Dressing: 1 Orange · 1 EL Essig · 1 EL Honig · 6 EL Rapsöl · Jodsalz · Pfeffer

Für das Topping: 60 g gehackte Walnüsse

1. Für das Dressing eine Orange halbieren und den Saft auspressen.

2. In einer Salatschüssel Orangensaft mit Essig und Honig verrühren.

3. Nach und nach Öl unterschlagen und mit Salz und Pfeffer würzen.

4. Für den Salat 3 Orangen schälen, weiße Haut entfernen und das Fruchtfleisch lösen.

5. Rucola waschen und trocken schütteln.

6. Avocado halbieren, Stein entfernen, Fruchtfleisch vorsichtig herauslösen und würfeln. Orangen, Rucola, Avocado in die Schüssel geben und vorsichtig mit dem Dressing mischen.

7. Auf Teller aufteilen und mit gehackten Walnüssen garniert servieren.

TIPP: DIE ORANGEN KÖNNEN AUCH DURCH BLUTORANGEN ERSETZT WERDEN.

Asiatischer Spinat-Spargel-Tofu-Salat

ZUTATEN FÜR 4 PERSONEN

600 g Babyspinat · 400 g Tofu · 400 g Spargel · Sojasauce · 4 TL Mehl · 2 TL Currypulver · 4 Eier · 100 g Sesamsamen · 100 ml Rapsöl · 2 Limetten · 1 Stück Ingwer (ca. 5 cm) · Jodsalz · Pfeffer

1. Den abgetupften Tofu quer in 12 dünne Scheiben schneiden und diese dann diagonal halbieren. Mit 4 EL Sojasauce beträufeln und 10 Minuten ziehen lassen.

2. Spinat putzen, waschen und abtropfen lassen. Spargel schälen und fein hobeln. Eier verquirlen.

3. Tofu erst in einer Mischung aus Mehl und Currypulver, dann in verquirltem Ei und zuletzt in Sesam wälzen.

4. In einer Pfanne 2 EL Rapsöl erhitzen und Tofu darin auf jeder Seite bei mittlerer Hitze braun anbraten.

5. Die Limetten auspressen. In einer Schüssel Limettensaft mit 8 EL Rapsöl und 4 EL Sojasauce verrühren.

6. Ingwer schälen und durch die Knoblauchpresse in das Dressing drücken. Mit Salz und Pfeffer würzen.

7. Spinat sowie Spargel hinzufügen und vorsichtig mit dem Dressing vermengen.

8. Auf Tellern anrichten und mit dem Tofu darauf servieren.

TIPP: WÄHREND DER SCHWANGERSCHAFT UND AUCH DER STILLZEIT IST DER EISENBEDARF ERHÖHT. MIT DER KOMBINATION VON SPINAT UND SESAM WIRD DIESER WUNDERBAR GEDECKT.

Pastinaken-Birnen-Salat mit Bergkäse

ZUTATEN FÜR 4 PERSONEN

Für den Salat: 300 g Feldsalat · 800 g Pastinaken · 4 EL Rapsöl · 4 TL Honig · 200 g Bergkäse (ohne Rinde) · 4 Birnen

Für das Dressing: 1 Zitrone · 4 EL Kürbiskernöl · Jodsalz · Pfeffer

1. Feldsalat gut waschen. Pastinaken schälen, putzen und klein würfeln.

2. Zitrone auspressen.

3. In einer Schüssel Kürbiskernöl, Zitronensaft, Salz und Pfeffer zu einem Dressing verrühren.

4. Rapsöl in einer Pfanne erhitzen und Pastinaken darin zugedeckt 5 Minuten dünsten.

5. Mit Honig beträufeln, salzen und pfeffern.

6. Bergkäse grob würfeln. Birnen waschen, Kerngehäuse entfernen und das Fruchtfleisch klein würfeln.

7. Feldsalat, lauwarme Pastinaken sowie Birnen zum Dressing hinzufügen und vorsichtig mischen.

8. Auf Teller aufteilen und mit Bergkäse garniert servieren.

TIPP: LANG GEREIFTER HARTKÄSE IST FÜR SCHWANGERE KEIN PROBLEM, ER ENTHÄLT KEINE LISTERIEN. MAN SOLLTE JEDOCH ZUR SICHERHEIT DIE RINDE ENTFERNEN, WEIL SICH DIE BAKTERIEN AUCH VON AUßEN ANSIEDELN KÖNNEN.

Topinambur-Mandarinen-Salat mit Sesamtofu

ZUTATEN FÜR 4 PERSONEN

200 g Feldsalat · 8 Mandarinen · 800 g Topinambur · 4 EL mittelscharfer Senf · 4 EL Rapsöl · Jodsalz · Pfeffer · Currypulver · 400 g Mandel-Sesam-Tofu · 4 EL Sesamsamen · 4 Scheiben Weizenvollkornbrot

1. Feldsalat gut waschen und abtropfen lassen.

2. Die Hälfte der Mandarinen auspressen. Die andere Hälfte schälen und in Spalten teilen.

3. Tofu in kleine Würfel schneiden und zusammen mit den Sesamsamen in einer Pfanne knusprig rösten. Abkühlen lassen.

4. Die Topinambur-Knollen waschen, schälen, in hauchdünne Scheiben hobeln und mit der Hälfte des Mandarinensafts mischen.

5. Den restlichen Mandarinensaft zusammen mit Senf und Öl in einer Schüssel gut verrühren und mit Salz, Pfeffer und Currypulver abschmecken.

6. Feldsalat, Mandarinenstücke, Topinambur zu dem Dressing geben und gut mischen.

7. Auf Tellern anrichten und mit Tofu und Sesam bestreut zusammen mit Weizenvollkornbrot servieren.

TIPP: SCHWANGERE UND STILLENDE HABEN EINEN ERHÖHTEN EIWEIẞBEDARF. MIT DEM TOFU, SESAM UND WEIZEN ERHÄLT MAN EINEN GUTEN MIX DES NÄHRSTOFFS.

Spargel-Salat mit Erdbeeren

ZUTATEN FÜR 4 PERSONEN

Für den Salat: 800 g grüner Spargel · 400 g junger Spinat · 1 Bund frische Minze · 800 g Erdbeeren · 4 EL Sesamsamen

Für das Dressing: 75 ml Rapsöl · 3 EL mittelscharfer Senf · 4 EL heller Balsamico-Essig · Jodsalz · weißer Pfeffer

1. Spargel, Spinat, Minze und Erdbeeren waschen und klein würfeln. Minze grob hacken.

2. Spinat schälen und Spargelenden abschneiden. In einem Dämpfeinsatz über kochendem Wasser etwa 15 Minuten garen.

3. Abkühlen lassen und in mundgerechte Stücke schneiden.

4. In einer Pfanne die Sesamsamen ohne Öl anrösten, bis sie duften. Für das Dressing Öl und Senf glatt rühren. Essig hinzufügen und mit Salz und Pfeffer abschmecken.

5. Spargel unterziehen. Spinat mit Minze, Sesamsamen und den Erdbeeren mischen.

6. Auf Teller anrichten und den marinierten Spargel darauf verteilen.

Protein-Linsensalat

ZUTATEN FÜR 4 PERSONEN

Für den Salat: 300 g Rote Linsen · 1 Glas Kichererbsen · 1 Bund Radieschen · 1 kleine Zwiebel

Für das Dressing: 1 Zehe Knoblauch · 7 EL Olivenöl · 4 EL heller Balsamico · Jodsalz · Pfeffer · 5 Stiele Estragon

1. Linsen nach Packungsanweisung bissfest kochen.

2. Kichererbsen abgießen und gut abspülen.

3. Radieschen putzen, waschen und in Scheiben schneiden. Zwiebel schälen und fein würfeln.

4. Für das Dressing Knoblauch schälen, durch eine Knoblauchpresse in eine kleine Schüssel drücken und mit Öl und Balsamico vermengen. Mit Salz und Pfeffer abschmecken.

5. Estragon waschen, trocken schütteln und klein hacken. Linsen, Kichererbsen, Zwiebel, Radieschen und Estragon in einer Salatschüssel vermengen. Dressing unterrühren und genießen.

Tipp: Wer es etwas gehaltvoller mag, kann den Salat mit gebackenen Ziegenkäsetalern toppen.

Endivien-Birnen-Meerrettich-Salat

ZUTATEN FÜR 4 PERSONEN

Für den Salat: 300 g Endiviensalat · 2 Birnen · 80 g Walnüsse

Für das Dressing: 2 EL Rapsöl · 75 ml Birnensaft · 4 EL Frischkäse mit Meerrettich · Jodsalz · Pfeffer

1. Endiviensalat putzen, waschen, trocken schütteln und in feine Streifen schneiden. Die Birnen waschen, vierteln, Kerngehäuse entfernen und in dünne Scheiben schneiden.

2. Für das Dressing Öl, Birnensaft und Frischkäse in einer Schüssel cremig rühren und mit Salz und Pfeffer abschmecken.

3. Die Walnüsse in einer Pfanne ohne Fett rösten, bis sie duften. Aus der Pfanne nehmen und grob hacken.

4. Endiviensalat und Birnen zu dem Dressing geben und vermischen.

5. Walnüsse unterheben.

6. Erneut mit Salz und Pfeffer abschmecken und auf Tellern angerichtet servieren.

VARIANTEN: STATT DER BIRNEN KANN MAN AUCH MILDE APFELSORTEN WIE Z.B. COX ORANGE VERWENDEN. WER KEINE WALNÜSSE MAG, DEM SCHMECKEN VIELLEICHT FEINE PARMESANRASPELN.

Kartoffel-Spargel-Rohkost-Salat

ZUTATEN FÜR 4 PERSONEN

Für den Salat: 400 g festkochende Kartoffeln · ½ Zitrone · 2 Avocados · 300 g Portulak · 800 g weißer und/oder grüner Spargel

Für das Dressing: 2 Zitronen · 4 EL Tahin · 400 g Joghurt (1,5% Fett) · Jodsalz · Pfeffer

1. Kartoffeln waschen und mit Schale in wenig Salzwasser 20 bis 30 Minuten garen. Kalt abschrecken, die Schalen abpellen und klein würfeln.

2. Zitrone auspressen. Avocado halbieren, Kern entfernen und Fruchtfleisch vorsichtig mit einem Löffel aus der Schale heben und würfeln. Mit dem Zitronensaft beträufeln.

3. Den Portulak putzen, waschen und trocken schütteln. Spargel schälen, die Enden abschneiden und in ca. 1 cm große Stücke schneiden.

4. Alle Zutaten in eine Salatschüssel geben und gut vermengen.

5. Für das Dressing Tahin, Joghurt und Zitronensaft glatt rühren, mit Salz sowie Pfeffer abschmecken und über den Salat verteilen.

Bohnensalat mit Zartweizen

ZUTATEN FÜR 4 PERSONEN

120 g Zartweizen · Jodsalz · 1 Lorbeerblatt · 125 g grüne Bohnen · etwas Bohnenkraut · 1 kleine Zwiebel · 75 ml Rapsöl · Pfeffer · 40 g Radicchio · 20 g gekochter Schinken · 4 EL heller Balsamico-Essig

1. Weizen trocken in einem Topf für 1 Minute erhitzen, dann mit 60 ml Wasser angießen.

2. Salz und Lorbeerblatt hinzufügen und bei kleiner Hitze zugedeckt ca. 15 Minuten ausquellen lassen. In einer Schüssel zur Seite stellen. Bohnen und Bohnenkraut waschen. Zwiebel schälen und fein würfeln.

3. Öl in einer Pfanne erhitzen und Gemüse darin andünsten. Mit Salz sowie Pfeffer abschmecken und zugedeckt bei kleiner Hitze 15 Minuten schmoren lassen und immer wieder umrühren. Falls nötig, etwas Wasser hinzugeben.

4. Radicchio waschen, putzen und in schmale Streifen schneiden. Kochschinken ebenfalls in Streifen schneiden.

5. Weizen und gegartes Gemüse in einer Schüssel mit dem restlichen Öl und Essig mischen und abschmecken.

6. Radicchio und Schinken unterheben und auf Tellern angerichtet servieren.

Tipp: Weizen und Bohnen haben einen hohen Kaliumgehalt und tragen so zur Regulation des Wasserhaushalts im Körper bei.

Erdbeersalat mit Spinat

ZUTATEN FÜR 4 PERSONEN

Für den Salat: 400 g Baby-Spinat · 400 g Erdbeeren · 60 g ungeschälte ganze Mandeln

Für das Dressing: 6 EL Buttermilch · 4 EL Olivenöl · 2 EL Honig · Jodsalz · Pfeffer · 6 Blätter Zitronenmelisse

1. Spinat waschen, trocken schütteln und Stiele entfernen. Erdbeeren waschen, das Grün entfernen und halbieren oder vierteln.

2. Mandeln hacken und in einer beschichteten Pfanne ohne Öl kurz rösten, bis sie anfangen zu duften.

3. Für das Dressing Buttermilch, Öl und Honig verrühren und mit Salz und Pfeffer abschmecken.

4. Zitronenmelisse waschen, trocknen, fein hacken und unter das Dressing mischen.

5. Spinat mit dem Dressing vermengen und die Erdbeeren vorsichtig unterheben.

6. Mit Mandeln garniert servieren.

TIPP: DER SALAT SCHMECKT AUCH MIT JUNGEN ROTE-BETE-BLÄTTERN, RUCOLA ODER MIT FRISCHEM MANGOLD. HIERFÜR NUR DIE BLÄTTER NEHMEN UND FEIN SCHNEIDEN.

Radicchio-Rindfleisch-Salat

ZUTATEN FÜR 4 PERSONEN

200 g Himbeeren · 4 Karotten · ca. 500 g große Riesenchampignons · 2 große Radicchio · ca. 3 cm großes Stück Ingwer · 600 g Rindfleisch · Jodalz · Pfeffer · 4 EL Sesamsamen · 75 ml Rapsöl · 200 ml Granatapfelsaft · 4 Vollkornbrötchen

1. Karotten gut waschen und in feine Streifen reiben. Pilze putzen, Stiele herausdrehen und hacken, Köpfe in dünne Scheiben schneiden. Radicchio in Stücke zupfen.

2. Karotte, Pilze und Radicchio in eine Schüssel geben.

3. Ingwer schälen, durch die Knoblauchpresse drücken und mit den Himbeeren mischen.

4. Rindfleisch in dünne Streifen schneiden.

5. Mit Salz und Pfeffer würzen und in Sesamsamen wälzen.

6. Ca. 4 EL Öl in einer Pfanne erhitzen und Fleisch darin etwa 4 Minuten kräftig braten.

7. Herausnehmen und auf dem Salat anrichten.

8. Fond mit Saft ablöschen. Beeren, Ingwer und das restliche Öl hinzufügen.

9. Mit Salz und Pfeffer abschmecken und über dem Salat verteilen.

Tipp: Das Eiweiß in Rindfleisch, Pilzen und Sesam ist wichtig für das Zellwachstum.

Hauptgerichte mit Fisch für eine gute Versorgung mit Jod

Rotbarsch mit Äpfeln und Karotten

ZUTATEN FÜR 4 PERSONEN

4 Rotbarschfilets à 200 g · 2 säuerliche Äpfel · 700 g Karotten · 25 g Semmelbrösel · 30 g geriebener Parmesan · 1 Zitrone · 2 Zwiebeln · 30 g Butter · 3 EL Öl · 1 Bund Petersilie · 2 Prisen Zucker · Jodsalz · Pfeffer

1. Fisch waschen, trockentupfen und mit Zitronensaft beträufeln.

2. Karotten gut waschen, evtl. schälen, längs halbieren und vierteln. Zwiebeln schälen und in Ringe schneiden.

3. Öl in einer Pfanne erhitzen und Zwiebel darin andünsten.

4. Karotten hinzufügen und mit andünsten.

5. Mit Zucker, Salz und Pfeffer würzen und weitere 15 Minuten dünsten.

6. In der Zwischenzeit Backofen auf 200° C vorheizen.

7. Äpfel waschen, auf Wunsch schälen, vierteln, entkernen und in dünne Spalten schneiden.

8. Karottengemüse in eine Auflaufform geben.

9. Fischfilets mit Salz und Pfeffer würzen und darauflegen.

10. Apfelspalten gleichmäßig darauf verteilen.

11. Mit Semmelbröseln und Parmesan bestreuen und die Butter in Flöckchen darauf verteilen.

12. Im Backofen auf mittlerer Schiene 18 bis 20 Minuten überbacken, bis der Fisch durchgegart ist.

13. Petersilie hacken.

14. Den fertigen Fisch aus dem Backofen nehmen, mit der gehackten Petersilie bestreuen und servieren.

TIPP: LECKER SCHMECKEN AUCH PELLKARTOFFELN ALS BEILAGE.

Seelachsburger

ZUTATEN FÜR 4 PERSONEN

200 g Seelachsfilet · 1 altbackenes Brötchen · 200 ml Gemüsebrühe · 1 EL Frischkäse · 1 TL Sojasauce · 1 Ei · 1 kleine Zwiebel · ½ Bund Petersilie · 1 TL Senf ca. 50 g · Semmelbrösel · 2 EL Rapsöl · Muskatnuss · Jodsalz · Pfeffer · 4 frische Vollkornbrötchen · 4 Salatblätter · 4 Tomatenscheiben · 4 Gurkenscheiben · auf Wunsch Naturjoghurt, Crème fraîche o.Ä.

1. Brötchen in der Gemüsebrühe einweichen. Fisch kalt abspülen, trockentupfen und klein würfeln. Zwiebel schälen und achteln. Petersilie klein hacken.

2. Brötchen gut ausdrücken.

3. Mit den Fischwürfeln und Zwiebeln im Mixer oder mit einem Stabmixer cremig pürieren.

4. Fischmasse mit Ei, Frischkäse und Petersilie verrühren.

5. Mit Senf, Sojasauce, Pfeffer und Muskatnuss würzen und für 30 Minuten kühlstellen.

6. Frikadellen aus der Masse formen und in den Semmelbröseln wälzen.

7. Öl in einer beschichteten Pfanne erhitzen.

8. Frikadellen hineingeben und zugedeckt bei schwacher Hitze ca. 15 Minuten gut durchbraten und dabei immer wieder wenden.

9. Die Vollkornbrötchen aufschneiden und mit je einem Salatblatt, einer Frikadelle, etwas Gurke und Tomate belegen. Evtl. noch einen Klecks Joghurt, Crème fraîche o. Ä. dazugeben. Am Ende den Deckel zum Abschluss des Burgers oben darauflegen und genießen.

Achtung! Auf Remoulade, vor allem nicht-industrielle, sollte in der Schwangerschaft verzichtet werden, da diese für gewöhnlich rohe Eier enthält.

Ofen-Viktoriaseebarschfilet

ZUTATEN FÜR 4 PERSONEN

800 g Viktoriaseebarschfilet · 600 g Kartoffeln · 6 Karotten · 2 Pastinaken · 1 Bund Suppengrün · 2 Fenchelknollen · 2 Zehen Knoblauch · Jodsalz · Pfeffer · 2 Zitronen · 1 Bund Dill · etwas Olivenöl

1. Kartoffeln, Sellerie und Knoblauch schälen. Fenchel, Karotten, und Pastinaken putzen und in dünne Streifen schneiden. Knoblauch fein hacken. Das restliche Gemüse würfeln.

2. Komplettes Gemüse bis auf die Kartoffeln in eine Auflaufform geben.

3. Viktoriaseebarschfilet abspülen, trockentupfen, etwas mit Salz und Pfeffer würzen und auf das Gemüse legen.

4. Zitronen in dünne Scheiben schneiden und auf den Fisch legen.

5. Dill klein zupfen und verteilen. Alles mit Olivenöl beträufeln und für ca. 40 Minuten im Backofen garen.

6. In der Zwischenzeit Kartoffeln in Salzwasser garen.

7. Zusammen mit dem Fisch servieren und auf Wunsch mit etwas Olivenöl beträufeln.

Tipp: Neben Dill kann man übrigens auch das Fenchelgrün (das sind die zarten, feinen Blättchen an der Fenchelknolle) zum Würzen des Fisches verwenden. Diese wie die anderen Kräuter einfach klein hacken und mit darüber streuen.

Lachs mit Petersilienpüree

ZUTATEN FÜR 4 PERSONEN

600 g Petersilienwurzel · 2 Bund glatte Petersilie · 2 Schalotten · 2 Knoblauchzehen · 6 EL Rapsöl · Jodsalz · Pfeffer · 5 EL Zitronensaft · 100 g Frischkäse · 4 Lachsfilets à ca. 160 g mit Haut

1. Fisch ggf. auftauen. Petersilienwurzel waschen, putzen, schälen und grob in Stücke schneiden. Petersilie waschen, trockenschütteln und klein hacken. Schalotte und Knoblauch schälen und klein hacken.

2. Öl in einem Topf erhitzen. Petersilienwurzeln, Schalotten und Knoblauch darin etwa 2 Minuten andünsten. Salzen und pfeffern.

3. Gemüse mit 200 ml Wasser ablöschen und zugedeckt ca. 10 Minuten garen.

4. Zitronensaft, Frischkäse und die Hälfte der Petersilie hinzufügen und mit einem Pürierstab pürieren. Mit Salz und Pfeffer abschmecken.

5. Lachsfilets abspülen, trocken tupfen und leicht salzen. Restliches Öl in einer Pfanne erhitzen und Lachsfilets zuerst bei mittlerer Hitze auf der hautlosen Seite 2 bis 3 Minuten anbraten.

6. Wenden und weitere ca. 3 bis 4 Minuten auf der Hautseite knusprig fertig braten. Petersilienpüree auf Tellern anrichten und die Filets darauflegen.

7. Mit der restlichen Petersilie garnieren und servieren.

Tipp: Tiefgekühlten Lachs am besten schonend über Nacht im Kühlschrank auftauen lassen. Anstelle von Lachs kann auch Kabeljau, Zander oder Seelachs zum leckeren Petersilienpüree verwendet werden.

Steinbeißer mit Polenta in Zitronensoße

ZUTATEN FÜR 4 PERSONEN

Für den Fisch: 4 Steinbeißerfilets à ca. 160 g · Jodsalz · Pfeffer · 4 EL Mehl · 3 EL Öl

Für die Soße: 1 EL Öl · 1 Zwiebel · 1 Zehe Knoblauch · 4 Zweige Thymian · 350 ml Gemüsebrühe · Saft von 1 Zitrone · 200 g Kirschtomaten · Jodsalz · Pfeffer

Für die Polenta: 200 ml Milch · 300 ml Geflügelfond · 1 Prise Jodsalz · 100 g Polenta · 30 g Parmesan · 40 g Butter

1. Zwiebel und Knoblauch schälen und fein würfeln. Thymian hacken.

2. Fischfilets mit Salz und Pfeffer würzen und in Mehl wenden. Überschüssiges Mehl abklopfen.

3. Öl in einer Pfanne erhitzen und Fisch darin von jeder Seite ca. 2 Minuten goldbraun gar braten. In einer anderen Pfanne 1 EL Öl erhitzen und Zwiebel, Knoblauch sowie Thymian darin andünsten.

4. Mit Brühe und Zitronensaft ablöschen und ca. 3 Minuten einköcheln lassen. Mit Salz und Pfeffer abschmecken.

5. Tomaten halbieren, Zitrone waschen, beides in Scheiben schneiden und in die Soße zum Erwärmen geben.

6. Milch und Fond in einem Topf mit einer Prise Salz aufkochen, Polenta einrühren und ca. 20 Minuten quellen lassen. Dabei gelegentlich umrühren.

7. Parmesan reiben und zusammen mit der Butter in die Polenta einrühren und quellen lassen.

8. Polenta auf Tellern anrichten und Fisch darauflegen.

9. Fisch auf der Polenta anrichten. Mit der Soße und den Tomaten beträufelt servieren.

Seelachs mit Orangen-Fenchel

ZUTATEN FÜR 4 PERSONEN

ca. 1 kg Alaska Seelachsfilet · 2 kleine Fenchelknollen · 3 Orangen · Jodsalz · Olivenöl · 50 g Butter · 100 g gestiftelte Mandeln · Zitronen-Pfeffer, alternativ normaler Pfeffer

1. Backofen auf 200° C vorheizen. Fisch ggf. abgedeckt auf einem Teller, am besten über Nacht, im Kühlschrank auftauen lassen.

2. Fisch abspülen, trocken tupfen und mit Salz würzen.

3. Fenchelknolle putzen (etwas Fenchelgrün zum Garnieren beiseitelegen), halbieren, harten Strunk herausschneiden und in feine Scheiben hobeln.

4. Orangen schälen und Fruchtfleisch in Scheiben schneiden.

5. Fenchel auf einem geölten Backblech verteilen und salzen.

6. Erst Orangenscheiben und dann Fischfilets darauflegen. Butter in Flöckchen darauf verteilen. Im Backofen ca. 20 Minuten garen. Nach etwa der Hälfte der Garzeit Mandeln über dem Fisch verteilen.

7. Seelachs mit Fenchel und Orangen auf einer Platte anrichten, mit Zitronen-Pfeffer würzen und mit Fenchelgrün garnieren.

Tipp: Beim Fenchel wird oft nur die Knolle verwendet. Das Grün ist jedoch sehr aromatisch und eignet sich deswegen perfekt zum Würzen von Gerichten.

Lachs mit Juliennegemüse

ZUTATEN FÜR 4 PERSONEN

400 g Lachsfilet ohne Haut · 400 g Karotten · 350 g Knollensellerie · 1 Stange Lauch · 20 g frischer Ingwer · 1 EL Olivenöl · Jodsalz · Pfeffer · 2 EL Sojasoße · ½ Zitrone · Petersilie · Pergamentpapier (alternativ Backpapier)

1. Backofen auf 175° C vorheizen. Fisch waschen, trocken tupfen, mit Salz und Pfeffer würzen.

2. Karotten und Sellerie waschen, schälen und in ca. 8 cm lange Stücke schneiden. Lauch putzen, längs halbieren und in Stücke schneiden. Gemüse in feine Streifen schneiden oder einen Julienneschneider benutzen. Ingwer schälen und fein hacken.

3. Öl in einem Topf erhitzen. Gemüse und Ingwer ca. 2 Minuten darin andünsten. Mit Salz, Pfeffer und Sojasoße würzen.

4. Gemüse in die Mitte des Pergamentpapiers geben.

5. Fisch auf das Gemüse geben.

6. Die Zitrone in 4 Scheiben schneiden und auf den Lachs legen. Das Pergamentpapier oben verschließen, so dass der Lachs gut eingepackt ist.

7. Auf ein Backblech legen und im Backofen etwa 15 bis 18 Minuten garen.

8. Fischpäckchen öffnen und evtl. mit gehackter Petersilie garniert servieren.

9. Dazu schmecken Petersilienkartoffeln oder Reis.

TIPP: BEIM GAREN IM PERGAMENTPAPIER BLEIBT DER FISCH SCHÖN SAFTIG UND WIRD AUF FETTARME ART HERRLICH AROMATISCH.

Lachs-Spinat-Lasagne

ZUTATEN FÜR 4 PERSONEN

4 Lachsfilets à ca. 125 g · 400 g Blattspinat · Jodsalz · Pfeffer · Muskat · Saft von ½ Zitrone · 30 g Butter · 30 g Mehl · 400 ml Gemüsebrühe · 1 Becher Crème fraîche · 2 TL Tafelmeerrettich · 12 Lasagne-Blätter · 75 g geriebener Emmentaler

1. Backofen auf 200° C vorheizen.

2. TK-Spinat auftauen lassen, gut ausdrücken und mit Salz, Pfeffer und Muskat würzen.

3. Lachsfilets ggf. auftauen lassen und würfeln. Mit 1 EL Zitronensaft beträufeln, leicht salzen und pfeffern und ca. 10 Minuten marinieren lassen.

4. In einem Topf Butter zerlassen und Mehl darin unter Rühren anschwitzen.

5. Gemüsebrühe und Crème fraîche hinzufügen und unter Rühren aufkochen. Bei mittlerer Hitze ca. 10 Minuten köcheln lassen, dabei öfter umrühren. Meerrettich unterrühren und mit Salz, Pfeffer und restlichem Zitronensaft abschmecken.

6. Etwas Soße in einer Auflaufform verteilen und dann folgendes Schema verwenden: 3 Lasagneblätter, die Hälfte des Spinats, eine Schicht Soße. 3 Lasagneblätter, Lachswürfel, wieder eine Schicht Soße. 3 Lasagneblätter, restlicher Spinat, eine Schicht Soße. Mit 3 Lasagne-Blättern abschließen und die übrige Soße darüber geben.

7. Zum Schluss Käse verteilen.

8. Im Backofen auf der mittleren Schiene ca. 35 Minuten backen.

9. Vor dem Servieren etwas ruhen lassen und dann genießen.

Tipp: Im Sommer kann statt TK-Spinat auch frischer Spinat verwendet werden. Dazu dieselbe Menge Spinat nehmen, die groben Stielenden entfernen und waschen. 1 EL Butter oder Öl in einem Topf schmelzen und den Spinat darin zusammenfallen lassen. Abschließend mit Salz, Pfeffer und Muskat würzen und dann weiterverwenden.

Pangasiusfilets in Tomatensoße mit Knoblauchbrot

ZUTATEN FÜR 4 PERSONEN

450 g TK Pangasiusfilet · 1 Ciabatta · 125 g Knoblauchbutter · 2 Zwiebeln · 2 Knoblauchzehen · 4 EL Olivenöl · 1 EL Zucker · 3 EL Tomatenmark · 2 kleine Dosen stückige Tomaten · 1 Becher Crème fraîche mit Kräutern · 2 Stiele Basilikum · Jodsalz · Pfeffer

1. Fisch auftauen lassen. Ciabatta im Abstand von 2 cm in Scheiben schneiden, jedoch die Unterseite nicht ganz durchschneiden. Knoblauchbutter in die Spalten verteilen und Brot nach Packungsanweisung im Backofen backen.

2. Zwiebeln und Knoblauch schälen und klein hacken.

3. Öl in einer Pfanne erhitzen und Zwiebeln sowie Knoblauch darin kurz andünsten.

4. Zucker hinzufügen und kurz karamellisieren lassen. Tomatenmark hinzufügen und kurz anschwitzen. Tomaten dazugeben und mit Salz und Pfeffer würzen.

5. Kurz aufkochen lassen und bei mittlerer Hitze 10 bis 15 Minuten köcheln lassen.

6. In der Zwischenzeit Fisch trocken tupfen, in grobe Stücke schneiden und leicht salzen und pfeffern.

7. Crème fraîche unter die Soße rühren und Fischstücke auf die Soße setzen.

8. Zugedeckt bei schwacher Hitze ca. 4 Minuten von jeder Seite gar ziehen lassen.

9. Basilikum waschen, trocken schütteln und in Streifen schneiden.

10. Den Fisch auf Tellern anrichten, die Soße darüber geben und mit Basilikum garniert zusammen mit dem Knoblauch-Ciabatta servieren.

Lachspäckchen mit Linsen

ZUTATEN FÜR 4 PERSONEN

500 g Wildlachsfilet · 8 Scheiben Bacon · 200 g braune Linsen · 2 kleine Zwiebeln · 1 roter Apfel · 1 Bund Lauchzwiebeln · 2 EL Butter · 200 ml Gemüsebrühe · 1 EL Speisestärke · 3 EL Balsamico-Essig · Jodsalz · Pfeffer · 1 EL Öl · 3 Stiele Dill

1. Lachsfilet ggf. auftauen lassen. Linsen ca. 10 Minuten in kochendem Salzwasser gar kochen.

2. Zwiebeln schälen und in Ringe schneiden. Apfel waschen, vierteln, entkernen und würfeln. Lauchzwiebeln waschen, trocken schütteln und in Ringe schneiden.

3. Linsen in ein Sieb gießen und abtropfen lassen.

4. 1 EL Butter in einem Topf erhitzen und die Zwiebelringe darin andünsten. Linsen hinzufügen, mit Gemüsebrühe ablöschen und einkochen lassen.

5. Stärke mit 2 EL Wasser verrühren und mit in die Linsenbrühe einrühren. Essig hinzufügen und mit Salz und Pfeffer abschmecken.

6. Lachsfilets waschen, trocken tupfen und in jeweils 2 Scheiben Bacon einwickeln. 1 EL Butter und 1 EL Öl in einer Pfanne erhitzen und Lachs darin bei mittlerer Hitze ca. 12 Minuten braten. Diesen dabei immer wieder wenden.

7. Ca. 4 Minuten vor Ende der Bratzeit Apfelwürfel und Lauch hinzufügen und mit andünsten. Mit Salz und Pfeffer abschmecken.

8. Dill waschen, trocken schütteln und grob hacken.

9. Lachs mit Apfel-Lauch und Linsen auf Tellern anrichten und mit Dill garniert servieren.

Kabeljaupäckchen vom Grill

ZUTATEN FÜR 4 PERSONEN

4 Kabeljaufilets à ca. 160 g · 1 Zwiebel · 4 Tomaten · Jodsalz · Pfeffer · 4 Stiele Basilikum · 2 EL Olivenöl · grobes Meersalz · Butterbrotpapier

1. Fisch waschen, trocken tupfen und salzen.

2. Zwiebel schälen und in feine Ringe schneiden. Tomaten waschen und in Scheiben schneiden. Basilikum abspülen, trocken tupfen und die Blätter abzupfen.

3. Bögen Butterbrotpapier dünn mit Öl bestreichen und je zwei übereinander legen. In die Mitte der Bögen nacheinander jeweils ein Viertel der Zwiebelringe und 1 Stück Kabeljau legen. Die Tomatenscheiben mit Pfeffer bestreuen und zusammen mit den Basilikumblättern auf die Fischstücke verteilen.

4. Die Papierbögen der Länge nach über der Füllung zusammenlegen und zweimal falten. Die kurzen Seiten von außen zur Mitte falten und so befestigen, dass sie geschlossen bleiben.

5. Die Päckchen bei kleiner Hitze mit genügend Abstand zur Glut ca. 10 Minuten auf der Zwiebelseite grillen.

6. Auf Tellern servieren und nach Belieben mit etwas Meersalz bestreuen. Dazu passt z.B. rotes oder grünes Pesto.

TIPP: DAMIT DIE PÄCKCHEN NICHT DURCHWEICHEN, IST ES RATSAM, SIE ERST KURZ VOR DEM GRILLEN ZU BEFÜLLEN. ALTERNATIV KANN AUCH ALUFOLIE VERWENDET WERDEN.

Fisch-Spinat-Ragout mit Karotten-Kartoffelstampf

ZUTATEN FÜR 4 PERSONEN

400 g Lachsfilet · 500 g Kartoffeln (mehligkochend) · 500 g Karotten · Jodsalz · 2 EL Rapsöl · 600 g TK-Blattspinat · 300 ml Milch · Pfeffer · Muskat · 4 EL Schmand

1. Kartoffeln und Karotten schälen, waschen und in grobe Stücke schneiden.

2. Beides in einen Topf geben, 250 ml Wasser hinzufügen, salzen und ca. 15 Minuten garen.

3. Öl in einem Topf erhitzen, den Spinat dazugeben, einen Schuss Wasser zugießen und zugedeckt in ca. 8 Minuten auftauen lassen. Ab und zu rühren und evtl. noch Wasser nachgießen.

4. Milch in einem Topf erhitzen, mit Salz, Pfeffer und Muskat würzen.

5. Kartoffeln und Karotten stampfen, dabei die Milch zugeben und ggf. nachwürzen, warmhalten.

6. Lachs in mundgerechte Würfel schneiden.

7. Schmand unter den Spinat rühren, salzen und pfeffern. Lachswürfel zugeben und zugedeckt bei kleiner Hitze ca. 4 bis 5 Minuten gar ziehen lassen.

8. Fisch-Spinat-Ragout mit dem Püree servieren.

Tipp: Statt Lachs passt übrigens auch weißes, festes Fischfilet wie Rotbarsch oder Seelachs.

Orangen-Zimt-Lachs mit Feldsalat

ZUTATEN FÜR 4 PERSONEN

4 Lachsfilets à ca. 150 g · 4 Orangen · 60 g Feldsalat · 1 Granatapfel · 4 EL Rapsöl · Jodsalz · 1 Prise Zimt

1. Orangen waschen, von einer Orange die Schale fein abreiben und den Saft auspressen. Eine zweite Orange in 8 dünne Scheiben schneiden und die beiden anderen filetieren.

2. Feldsalat waschen. Granatapfel entkernen.

3. Orangensaft, 2 EL Rapsöl und Salz zu einem Dressing rühren.

4. Feldsalat mit Granatapfelkernen und Orangenfilets mischen.

5. In einer beschichteten Pfanne Öl erhitzen und die Lachsfilets mit der Haut nach oben ca. 3 Minuten braten. Wenden und von der Hautseite weitere 5 Minuten braten. Mit Salz würzen.

6. Je 2 Orangenscheiben auf die Teller legen, das Lachsfilet darauf platzieren. Lachs mit Orangenabrieb und Zimt bestreuen. Salat mit dem Dressing beträufeln und dazu servieren.

Tipp: Für die Extraportion an Gewürzen kann man noch etwas Ingwer-, Kardamom- und/oder Muskatnusspulver auf den Lachs streuen.

Seelachs mit Kapern und Zitrone

ZUTATEN FÜR 4 PERSONEN

500 g Seelachsfilet, tiefgefroren · 2 Zitronen · 2 Bund Petersilie · 4 EL Kapern · Jodsalz · 200 g Butter

1. Seelachsfilets auftauen. Zitronen schälen und in rund 3 mm dicke Scheiben schneiden. Blätter der Petersilie von den Zweigen zupfen und Kapern abtropfen lassen.

2. In einem Topf Wasser zum Kochen bringen und gut salzen. Den Topf vom Herd nehmen und die Seelachsfilets etwa 8 Minuten im heißen Wasser gar ziehen lassen.

3. Seelachs mit einer Kelle herausnehmen, gut abtropfen lassen und warm halten.

4. Butter in einer Pfanne aufschäumen lassen. Sobald die Butter braun wird, die Zitronenscheiben, Kapern und Petersilie dazugeben. Einmal durchschwenken

5. Seelachsfilets auf Teller anrichten, die Butter-Kapern-Soße über die Seelachsfilets gießen und servieren.

Tipp: Um etwas Zeit zu sparen, kann man den gefrorenen Seelachs schon abends aus dem Gefrierfach nehmen und über Nacht im Kühlschrank auftauen lassen.

Grünes Fischcurry

ZUTATEN FÜR 4 PERSONEN

600 g Seelachsfilet · 250 g Langkornreis · 150 g Erbsen (TK) · 150 g grüne Bohnen · 1 rote Paprika · 2 Lauchzwiebeln · 1 kleine Dose Ananas · 400 ml Kokosmilch · 1 EL grüne Currypaste · 1 Bund Koriander · Thai-Basilikum

1. Reis nach Packungsanweisung zubereiten.

2. Fischfilet waschen, trockentupfen und in Stücke schneiden. Bohnen putzen. Paprika entkernen und klein würfeln. Lauchzwiebeln in Stücke schneiden. Ananas abtropfen lassen und gegebenenfalls klein würfeln.

3. Kokosmilch in einem ausreichend großen Topf aufkochen.

4. Currypaste unterrühren, Erbsen und Bohnen hinzufügen und 10 Minuten köcheln lassen.

5. Paprika und Lauchzwiebeln hinzufügen und weitere 5 Minuten köcheln lassen.

6. Fisch hinzufügen und ca. 5 bis 7 Minuten garziehen lassen.

7. Ananas hinzufügen und kurz mit erwärmen.

8. Auf Tellern verteilen.

9. Kräuter grob hacken und darüber streuen. Dazu den Reis servieren.

Lachsfilet mit Süßkartoffel

ZUTATEN FÜR 4 PERSONEN

4 Lachsfilets à ca. 160 g · 250 g Blattspinat · 800 g Süßkartoffeln · Jodsalz · 1 EL Öl · 25 g Butter · 250 g saure Sahne · Pfeffer · 1 Zitrone

1. Evtl. Gräten von den Lachsfilets ziehen. Süßkartoffeln schälen und würfeln.

2. Ausreichend Salzwasser zum Kochen bringen und die Kartoffeln darin garen.

3. In der Zwischenzeit Öl in einer Pfanne erhitzen und das Lachsfilet von beiden Seiten braten, bis er gar ist.

4. Blattspinat waschen.

5. 50 ml Wasser, Salz und Butter in einem kleinen Topf vermengen und den Spinat darin schwenken, bis er leicht zusammenfällt.

6. Lachs und Süßkartoffeln auf einem Teller anrichten und mit Spinat sowie saurer Sahne ergänzen. Je nach Bedarf mit Salz und Pfeffer würzen. Zitrone aufschneiden und etwas Saft darüber geben.

Lachsforelle mit Spitzkohlrahm und Kartoffelstampf

ZUTATEN FÜR 4 PERSONEN

4 Lachsforellenfilets mit Haut à ca. 150 g · 500 g Spitzkohl · 1 kg Kartoffeln (mehligkochend) · Jodsalz · 1 Zwiebel · 100 g Butter · 4 EL Rapsöl · 1 Becher Schlagsahne · Pfeffer · Saft einer Zitrone · 2 Prisen Muskat (frisch gerieben) · 125 ml Milch · 1½ Zweige Thymian · 1 Knoblauchzehe

1. Spitzkohl putzen, waschen und in feine Streifen schneiden.

2. Für den Kartoffelstampf Kartoffeln schälen, vierteln und in Salzwasser gar kochen.

3. Zwiebel schälen und fein würfeln.

4. Knoblauch schälen.

5. 30 g Butter sowie 2 EL Öl in einem Topf erwärmen und Zwiebel darin glasig dünsten. Spitzkohl hinzufügen und mitdünsten. Sahne hinzufügen und ca. 20 Minuten bei geringer Hitze gar dünsten. Mit Salz, Pfeffer und Zitronensaft abschmecken und warmhalten.

6. Die Kartoffeln abgießen. 30 g Butter, Salz, Muskat und Milch dazugeben.

7. Alles mit einem Kartoffelstampfer zermusen. Bei Bedarf noch etwas Milch hinzufügen. Warmhalten.

8. Fisch waschen, trocken tupfen, salzen und pfeffern.

9. Das restliche Öl in einer Pfanne erhitzen und die Filets mit der Hautseite nach unten anbraten. Die Filets nach etwa 1 Minute wenden.

10. Knoblauch durch die Knoblauchpresse drücken und hinzufügen. Restliche Butter und Thymian dazugeben und mitschwenken. Kartoffelstampf und Spitzkohlrahm auf 4 Teller verteilen und das knusprige Fischfilet daraufsetzen und servieren.

TIPP: KLASSISCH WIRD DAS GERICHT MIT SAIBLING ZUBEREITET, HIERZULANDE IST DIESER FISCH ABER EHER SCHWIERIG ZU BEKOMMEN. DIE LACHSFORELLE IST EIN GUTER ERSATZ.

Forelle in Mascarpone-Rahmsoße

ZUTATEN FÜR 4 PERSONEN

2 Regenbogen-Forellen à ca. 350 g · 800 g Kartoffeln · 1 Bund Suppengrün · 2 Zwiebeln · 1 Glas Fisch-Fond · 1 EL Weißweinessig · 3 Wacholderbeeren · 2 Lorbeerblätter · 3 Gewürznelken · 10 schwarze Pfefferkörner · ½ Bund Dill · 1 EL Butter · 1 EL Mehl · 1 Packung Mascarpone · Jodsalz · Pfeffer · 1 Zitrone · etwas Zitronensaft

1. Suppengrün putzen und in grobe Stücke schneiden. 1 Zwiebel schälen und halbieren.

2. Gemüse, Fischfond, 400 ml Wasser, Essig, Wacholderbeeren, Lorbeerblätter, Nelken und Pfefferkörner in einen Topf geben.

3. Fond aufkochen und 10 bis 12 Minuten köcheln lassen.

4. Kartoffeln schälen, halbieren und in Salzwasser gar kochen.

5. Forellen waschen und trocken tupfen.

6. Fischfond durch ein Sieb in ein geeignetes Gefäß passieren. 100 ml Fond für die Soße zur Seite stellen.

7. Den restlichen Fond in einen großen Topf geben und die Fische hineinlegen. Bei mittlerer Hitze mit geschlossenem Deckel 10 bis 15 Minuten gar ziehen lassen.

8. Für die Soße eine Zwiebel schälen und fein würfeln. Dill waschen und trocken schütteln.

9. Butter in einem kleinen Topf erhitzen und die Zwiebeln etwa 3 Minuten darin andünsten. Mit Mehl bestäuben und kurz anschwitzen.

10. Mit Fond ablöschen und aufkochen.

11. Mascarpone einrühren und die Soße ca. 5 Minuten köcheln lassen. Mit Salz, Pfeffer und Zitronensaft abschmecken.

12. Kartoffeln mit ⅔ des Dills mischen. Zitrone waschen und in Spalten schneiden.

13. Die Forellen und Kartoffeln auf einer Platte anrichten. Etwas Soße über die Fische geben. Die Platte mit Zitronenstücken garnieren und mit dem restlichen Dill bestreuen. Übrige Soße separat dazu reichen.

TIPP: FÜR DIE ZUBEREITUNG DER DILL-KARTOFFELN EIGNEN SICH VORWIEGEND FESTKOCHENDE ODER FESTKOCHENDE KARTOFFELN AM BESTEN: SIE BEHALTEN NACH DEM KOCHEN IHRE FORM UND FALLEN NICHT AUSEINANDER.

Seelachs mit Tomaten-Kräuter-Kruste

ZUTATEN FÜR 4 PERSONEN

4 Alaska Seelachsfilets à ca. 200 g · Zitronensaft · Jodsalz · Pfeffer · ½ Bund Petersilie · ½ Bund Zitronenmelisse · 3 getrocknete Tomaten (in Öl) · 50 g weiche Butter · 1 Ei · 2 EL Semmelbrösel · 2 EL geriebener Parmesan

1. Seelachsfilets ggf. auftauen und gut trocken tupfen. Mit ein wenig Zitronensaft beträufeln und mit etwas Salz und Pfeffer würzen. Nebeneinander in eine leicht gefettete Auflaufform legen.

2. Petersilie und Zitronenmelisse waschen, trocken schütteln und die Blätter fein hacken. Tomaten abtropfen lassen und fein hacken.

3. Butter schaumig rühren. Ei trennen und Eiweiß zusammen mit den Kräutern und Tomaten unter die Butter heben. Zum Schluss Semmelbrösel und Parmesan unterrühren.

4. Die Seelachsfilets mit der Kruste bestreichen und im vorgeheizten Backofen (200° C Ober- und Unterhitze) ca. 15 bis 20 Minuten garen.

TIPP: SEMMELBRÖSEL KANN MAN AUS ALTBACKENEM, TROCKENEM BROT LEICHT SELBER HERSTELLEN. EINFACH DAS BROT IN WÜRFEL SCHNEIDEN UND ENTWEDER ABGEDECKT EINIGE TAGE TROCKNEN LASSEN, BEVOR MAN ES ZERBRÖSELT. ODER DAS BROT FÜR EINIGE ZEIT BEI 50° C IN DEN BACKOFEN STELLEN.

Pangasius mit Mandelkruste und Apfel-Wirsing

ZUTATEN FÜR 4 PERSONEN

450 g Pangasiusfilets · 1 kg Rahmwirsing (TK) · 1 Zwiebel · 2 rote Äpfel · 1 EL Öl· Jodsalz · Pfeffer · 1 Ei · 100 g gemahlene Mandeln · 100 g Mandelblättchen · 2 EL Mehl · 2 EL Olivenöl

1. Fisch ggf. auftauen. Zwiebel schälen und würfeln. Äpfel waschen, vierteln, entkernen und in Spalten schneiden.

2. Öl in einer Pfanne erhitzen und Zwiebel darin anbraten. Äpfel hinzufügen und kurz mitbraten. Tiefgefrorenen Wirsing dazugeben und nach Packungsanweisung garen.

3. Fisch waschen, trocken tupfen und etwas salzen und pfeffern.

4. Ei verquirlen. Gemahlene Mandeln und Mandelblättchen miteinander vermischen. Fisch panieren: erst im Mehl, dann im Ei und dann in den Mandeln wenden.

5. Olivenöl in einer Pfanne erhitzen und Fisch darin ca. 4 bis 6 Minuten braten, bis er gar ist. Dabei immer wieder wenden.

6. Fisch mit Apfel-Wirsing auf Tellern anrichten.

TIPP: PANGASIUS PASST AUCH WUNDERBAR ZU MEHREREN ASIA-GERICHTEN, Z.B. ZU WOK-GEMÜSE. DAFÜR DEN FISCH IN STREIFEN SCHNEIDEN UND MIT DEM GEMÜSE IM WOK KRÄFTIG ANBRATEN.

Heilbutt mit Pistazienkruste, Spargel und Erdbeer-Vinaigrette

ZUTATEN FÜR 4 PERSONEN

4 Heilbuttfilets à ca. 150 g · 1 kg grüner Spargel · 1 Zitrone · 60 g Pistazienkerne · 7 EL Olivenöl · Jodsalz · Pfeffer · 2 Schalotten · 500 g Erdbeeren · 4 EL Balsamicoessig · Öl für Backblech und Pfanne

1. Backofen auf 200° C vorheizen. Zitrone waschen, Schale in Zesten abziehen und Saft auspressen. Pistazien grob hacken. Zitronenschale und Pistazien mit 2 EL Olivenöl mischen.

2. Fisch waschen und trocken tupfen, mit Salz, Pfeffer und etwas Zitronensaft würzen. Backblech mit Backpapier auslegen und mit Öl einpinseln. Fischfilets darauflegen und Pistazienmasse darauf verteilen. Im Backofen etwa 15 bis 20 Minuten backen.

3. In der Zwischenzeit Spargel waschen und holzige Enden abschneiden.

4. Etwas Öl in einer Pfanne erhitzen und die Hälfte des Spargels darin etwa 4 Minuten von jeder Seite anbraten und mit Salz würzen. Herausnehmen und warmhalten. Mit dem restlichen Spargel genauso verfahren.

5. Schalotten schälen und fein würfeln. Erdbeeren waschen und putzen. Die Hälfte der Erdbeeren fein würfeln. Restliche Erdbeeren mit restlichem Zitronensaft, Essig und 5 EL Öl pürieren. Schalotten- und Erdbeerwürfel unterrühren. Heilbutt auf Tellern zusammen mit Spargel und Erdbeer-Vinaigrette anrichten.

TIPP: AM EINFACHSTEN LASSEN SICH ZITRONENZESTEN MIT EINEM ZESTENSCHNEIDER ABZIEHEN. ALTERNATIV DIE ZITRONENSCHALE STÜCKWEISE ABSCHÄLEN, DAS WEIẞE ENTFERNEN UND DIE SCHALE MIT EINEM SCHARFEN MESSER IN DÜNNE STREIFEN SCHNEIDEN.

Hauptgerichte mit Fleisch für eine gute Versorgung mit Eisen

Schweinefiletmedaillons auf Karotten-Linsen

ZUTATEN FÜR 4 PERSONEN

600 g Schweinefilet · 200 g Berglinsen · 4 große Karotten · 2 Stangen Lauch · 2 Zwiebeln · je ½ TL Koriandersaat · Pfeffer · Senfsaat · 4 Pimentkörner · 6 EL Olivenöl · 2 TL Honig · 100 ml Apfelsaft · Jodsalz · frisch gemahlener Pfeffer · 2 TL Zitronensaft · 2 EL Mehl · 200 ml Milch · 1 Becher Sahne · 2 TL Senf · 2 Kästen Kresse

1. Linsen in der doppelten Menge Wasser weich garen. Danach abgießen.

2. Karotten schälen, waschen und in Würfel schneiden. Lauch waschen, putzen und in Ringe schneiden. Zwiebeln schälen. Eine Zwiebel klein hacken, eine in Streifen schneiden. Gewürze in einem Mörser zerdrücken.

3. Öl in einem Topf erhitzen und Zwiebelstreifen darin glasig andünsten. Lauch und Karotten hinzufügen und 5 Minuten mit andünsten.

4. Honig und Gewürze dazugeben und karamellisieren lassen. Mit dem Apfelsaft ablöschen.

5. Linsen unterheben und mit Salz, Pfeffer und Zitronensaft abschmecken.

6. Öl in einem Topf erhitzen und gehackte Zwiebeln darin glasig andünsten. Mit Mehl bestäuben und unter Rühren mit der Milch angießen. 5 Minuten köcheln lassen, Sahne dazugeben und mit Salz, Pfeffer und Senf abschmecken.

7. Kresse waschen und unter die Soße geben.

8. Schweinefilet abspülen, trocken tupfen und in 12 Medaillons schneiden.

9. Restliches Öl in einer Pfanne erhitzen und Medaillons von beiden Seiten jeweils 5 bis 7 Minuten anbraten. Mit Salz und Pfeffer würzen.

10. Je 3 Medaillons auf einem Teller anrichten und zusammen mit der Kresse-Rahmsoße und den Karotten-Linsen servieren.

Hirse-Risotto mit Spitzkohl und Hähnchenbrust

ZUTATEN FÜR 4 PERSONEN

500 g Hähnchenbrustfilet · 2 Zweige Thymian · 2 Knoblauchzehen · 2 TL Honig · 2 EL Zitronensaft · 6 EL Olivenöl · 2 Schalotten, alternativ Zwiebeln · 2 Zweige Rosmarin · 300 g Hirse · 100 ml Traubensaft · 750 ml Gemüsebrühe · Jodsalz · Pfeffer · 1 großer Spitzkohl · 1 Becher Sahne · 200 ml Milch · 200 g blaue Weintrauben · rosa Pfefferbeeren

1. Hähnchenbrustfilets abspülen, trocken tupfen und in Streifen schneiden.

2. Thymian waschen, trocken schütteln und Blätter abzupfen. Knoblauch schälen und fein hacken.

3. Thymian, Knoblauch, Honig, Zitronensaft und 2 EL Olivenöl vermischen. Mit Pfeffer würzen. Hähnchenstreifen einlegen und ca. 20 Minuten gekühlt marinieren.

4. Schalotten schälen und fein hacken. Rosmarin waschen, trocken schütteln und fein hacken.

5. Öl in einem Topf erhitzen und Schalotten mit Rosmarin ca. 2 Minuten bei mittlerer Hitze andünsten.

6. Hirse hinzufügen und eine weitere Minute unter Rühren dünsten.

7. Mit dem Saft ablöschen und bei mittlerer Hitze vollständig einkochen lassen.

8. Nach und nach die Hirse mit Brühe angießen, bis sie bedeckt ist, und unter ständigem Rühren einkochen lassen. Immer erst neue Flüssigkeit angießen, wenn die dazugegebene Menge bereits aufgenommen wurde.

9. Hirse bei kleiner Hitze 15 bis 20 Minuten quellen lassen, dabei mehrmals umrühren. Mit Salz und Pfeffer abschmecken.

10. Spitzkohl waschen und in Streifen schneiden.

11. 2 EL Öl in einer Pfanne erhitzen und Spitzkohl darin andünsten. Sahne und Milch hinzufügen und ca. 5 Minuten köcheln lassen. Trauben waschen, halbieren, ggf. entkernen und hinzufügen.

12. Mit Salz, Pfeffer und rosa Pfefferbeeren abschmecken.

13. Eine Pfanne erhitzen und Hähnchenstreifen anbraten.

14. Auf Tellern anrichten und servieren.

Schweinegeschnetzeltes mit Vollkornspätzle

ZUTATEN FÜR 4 PERSONEN

600 g Schweinenackensteak · 2 rote Zwiebeln · 2 rote und 2 gelbe Paprikaschoten · 2 EL Olivenöl · 250 ml Gemüsebrühe · 200 ml passierte Tomaten · 4 EL saure Sahne · Jodsalz · frisch gemahlener Pfeffer · Paprikapulver · Rosmarin · Thymian · 400 g Vollkornspätzle

1. Schweinesteak waschen, trocken tupfen und in Streifen schneiden.

2. Zwiebel schälen, Paprika putzen und waschen. Beides in Streifen schneiden.

3. Öl in einer Pfanne erhitzen und Steakstreifen darin kurz anbraten. Aus der Pfanne nehmen und beiseitestellen.

4. Im gleichen Fett die Zwiebel glasig dünsten. Paprikastreifen hinzufügen und ca. 5 Minuten mitdünsten.

5. Fleisch wieder mit in die Pfanne geben, mit Brühe und passierten Tomaten angießen und mit der Sahne verfeinern. Weitere 5 Minuten garen. Mit Salz, Pfeffer, Paprikapulver, Rosmarin und Thymian abschmecken.

6. In der Zwischenzeit Vollkornspätzle in Salzwasser 8 bis 10 Minuten garen.

7. Paprika-Fleisch zusammen mit den Spätzle anrichten und servieren.

Fruchtiges Putengeschnetzeltes

ZUTATEN FÜR 4 PERSONEN

500 g Putenschnitzel · 500 g Karotten · 2 Zwiebeln · 1 EL Currypulver · 1 TL Mehl · Jodsalz · Pfeffer · 1 TL Rapsöl · 200 ml Orangensaft · 8 Aprikosen · 1 Becher saure Sahne

1. Karotten schälen und in dünne Scheiben hobeln. Zwiebeln schälen und klein würfeln.

2. Fleisch in etwa 1,5 cm breite Streifen schneiden. Currypulver mit Mehl, ½ TL Salz und etwas Pfeffer mischen und dann mit den Fleischstreifen vermengen.

3. Öl in einer großen Pfanne erhitzen und das Fleisch darin von allen Seiten kräftig anbraten.

4. Zwiebeln, Karotten, Orangensaft und 6 EL Wasser hinzufügen, kurz aufkochen und bei geringer Hitze zugedeckt etwa 15 Minuten dünsten.

5. In der Zwischenzeit Aprikosen waschen, entkernen und grob würfeln. In die Pfanne dazugeben und mit saurer Sahne und den Gewürzen abschmecken.

6. Anrichten und genießen. Dazu passt sehr gut Reis.

Karotten-Quitten-Curry mit Lamm

ZUTATEN FÜR 4 PERSONEN

500 g Lammgulasch · 4 Karotten · 4 Zwiebeln · 2 Knoblauchzehen · 2 Quitten · 4 EL Rapsöl · 2 TL Tomatenmark · 2 TL Currypulver · 2 Prisen Zimt · Jodsalz · Pfeffer · 4 EL Rosinen · 4 EL frische, gehackte Petersilie

1. Karotten waschen und würfeln. Zwiebeln und Knoblauch schälen und grob hacken. Quitten waschen, Pelz abreiben und vierteln. Dabei das Kerngehäuse entfernen, dann würfeln.

2. 1 EL Öl in der Pfanne erhitzen und Zwiebeln und Knoblauch darin kräftig anbraten.

3. Mit Tomatenmark, Curry und Zimt würzen.

4. Fleisch hinzufügen und gut anbraten. Mit Salz und Pfeffer würzen.

5. Karotten, Quitten und Rosinen hinzufügen und zugedeckt bei mittlerer Hitze etwa 45 Minuten schmoren.

6. Wenn die Flüssigkeit verkocht ist, etwa 250 ml Wasser nachgießen. Curry nochmals abschmecken, mit Petersilie mischen und servieren. Dazu passen Couscous oder Reis.

VARIANTE: STATT FLEISCH KANN MAN AUCH 150 G CASHEWKERNE MIT DEN ZWIEBELN RÖSTEN. SO LANGE GAREN, BIS DIE QUITTEN WEICH SIND.

Hähnchen-Reis-Topf

ZUTATEN FÜR 4 PERSONEN

300 g Hähnchenfilet · 1 mittelgroßer Brokkoli · 200 g Tomaten · 1 Bund Frühlingszwiebeln · 2 EL Rapsöl · 250 g Reis nach Wahl · 1 l Gemüsebrühe · Jodalz · Pfeffer · Parmesan

1. Hähnchenfilet waschen, trocken tupfen und in Streifen schneiden. Brokkoli putzen und in kleine Röschen schneiden. Tomaten waschen und würfeln. Frühlingszwiebeln putzen und in feine Ringe schneiden.

2. Öl in einem großen Topf erhitzen und das Fleisch darin kurz anbraten.

3. Brokkoli und Reis hinzufügen und kurz mitbraten. Mit der Gemüsebrühe ablöschen

4. Alles etwa 15 Minuten köcheln lassen, bis die Flüssigkeit fast verkocht ist.

5. Nach etwa 10 Minuten Garzeit Tomaten und Frühlingszwiebeln hinzufügen, noch etwas weiter quellen lassen und mit Salz und Pfeffer abschmecken.

6. Auf Tellern anrichten und mit Parmesan bestreut servieren.

Geschmortes Huhn

ZUTATEN FÜR 4 PERSONEN

4 Hühnerbeine · 1 kg Champignons · 2 Zitronen · 2 Knoblauchzehen · 2 Bund Frühlingszwiebeln · Jodsalz · Pfeffer · 2 EL Rapsöl · 2 Lorbeerblätter · 2 EL Mehl

1. Zitronen waschen und in dünne Spalten schneiden. Knoblauch schälen und hacken. Frühlingszwiebeln samt Grün in dünne Ringe schneiden.

2. Hühnerbeine im Gelenk durchschneiden und mit Salz und Pfeffer würzen.

3. Öl in einer großen hohen Pfanne (am besten in einem Bräter) erhitzen und die Hähnchenteile darin kräftig anbraten.

4. Zwiebeln, Knoblauch, Zitronen und Lorbeerblätter hinzufügen.

5. Alles zugedeckt ca. 15 Minuten schmoren. Bei Bedarf etwas Wasser hinzufügen.

6. Champignons putzen, halbieren, mit in die Pfanne geben und anschmoren.

7. Mehl mit 400 ml Wasser anrühren, zu den Hähnchen hinzufügen, aufkochen lassen und alles zugedeckt bei mittlerer Hitze weitere 10 Minuten garen. Mit Salz und Pfeffer abschmecken.

8. Auf Tellern anrichten und servieren. Dazu passen Kartoffeln oder Reis.

Kürbis-Sprossen-Wok

ZUTATEN FÜR 4 PERSONEN

500 g Lammsteak · 750 g Hokkaido-Kürbis · 200 g Frühlingszwiebeln · 400 g frische Sojasprossen · 200 g Rucola · 2 bis 3 cm großes Stück Ingwer · 4 EL Rapsöl · Jodsalz · Pfeffer · Sojasauce · 4 Scheiben Vollkornbrot

1. Lammfleisch waschen, abtrocknen und in Streifen schneiden. Kürbis waschen, Kerne entfernen und klein würfeln. Frühlingszwiebeln waschen, putzen und in Ringe schneiden. Sprossen und Rucola waschen und gut abtropfen lassen. Ingwer schälen und klein hacken.

2. Öl im Wok erhitzen und das Fleisch darin 2 Minuten anbraten. Mit Salz und Pfeffer würzen. Herausnehmen und in Alufolie wickeln.

3. Frühlingszwiebeln und Kürbis im heißen Wok unter Rühren braten. Etwas Wasser hinzufügen.

4. Nach ca. 8 Minuten Sojasprossen und Ingwer dazugeben und kurz weiterbraten.

5. Rucola und Ingwer untermischen und alles mit Sojasauce, Salz und Pfeffer abschmecken.

6. Auf Tellern anrichten und mit Vollkornbrot genießen.

Paprika-Hackfleischpfanne

ZUTATEN FÜR 4 PERSONEN

400 g Hackfleisch gemischt · 4 Paprikaschoten nach Wahl · 1 Zwiebel · 2 Karotten · 2 EL Tomatenmark · 1 Bund Petersilie · 4 EL Schmand

1. Paprika waschen, entkernen und grob würfeln. Zwiebel schälen und fein würfeln. Karotten waschen und reiben.

2. Öl in einer großen Pfanne erhitzen und Hackfleisch darin krümelig anbraten.

3. Zwiebeln, Karotten und Paprika hinzufügen und ca. 5 Minuten mitbraten.

4. Tomatenmark in einer Tasse mit ca. 150 ml Wasser verrühren, in die Pfanne dazugeben und kurz mitköcheln lassen. Mit Salz und Pfeffer abschmecken.

5. Petersilie waschen, trocken tupfen und fein hacken.

6. Die Paprika-Pfanne mit einem Klecks Schmand und Petersilie servieren. Dazu passt z.B. Basmatireis.

Süßkartoffel-Hähnchen-Curry

ZUTATEN FÜR 4 PERSONEN

600 g Hähnchenbrustfilet · 750 g Süßkartoffeln · 1 Brokkoli · 2 rote Paprikaschoten · 2 Knoblauchzehen · 1 Stück Ingwer (ca. 1 bis 2 cm) · 1 Limette · Jodsalz · Pfeffer · Currypulver · 2 EL Kokosöl · 1 EL rote Currypaste · 600 ml Kokosmilch

1. Süßkartoffeln schälen und würfeln. Brokkoli waschen und in Röschen schneiden. Paprika waschen, entkernen und würfeln. Knoblauch und Ingwer schälen und fein hacken. Limette waschen, Schale abreiben und auspressen. Hähnchenbrustfilet waschen, trocken tupfen und grob würfeln.

2. Einen großen Topf mit Salzwasser zum Kochen bringen und Brokkoli kurz darin blanchieren.

3. Kokosöl in einer großen Pfanne schmelzen und das Fleisch darin anbraten.

4. Süßkartoffeln, Paprika, Knoblauch, Ingwer und Currypaste hinzufügen und kurz mitgaren. Mit Kokosmilch und Limettensaft ablöschen.

5. Brokkoli hinzufügen und zugedeckt bei mittlerer Hitze etwa 10 Minuten garen.

6. Mit Salz, Pfeffer und Curry abschmecken.

7. Ausgepresste Limette in dünne Scheiben schneiden. Curry auf Tellern anrichten und mit Limettenscheiben garniert servieren. Dazu passt Reis als Beilage.

Asiatische Spitzkohl-Pfanne mit Bratwurstbällchen

ZUTATEN FÜR 4 PERSONEN

250 g Bratwurst · 1 Zwiebel · 1 Spitzkohl · 350 g Karotten · 2 EL Sonnenblumenöl · 7 EL Chilisoße · 50 g Mandelstifte · 7 Stiele Koriander · 1 Glas Mungobohnenkeimlinge · Jodsalz · Pfeffer · Curry

1. Die Bratwürste aus der Wurstpelle zu Bällchen ausdrücken. Zwiebel schälen und grob würfeln. Spitzkohl putzen, waschen und in breite Streifen schneiden. Karotten schälen und in dünne Stifte schneiden.

2. Mandeln in einer Pfanne ohne Fett rösten und dann herausnehmen. Koriander waschen, trocken schütteln und klein schneiden. Mungobohnenkeimlinge in einem Sieb abtropfen lassen.

3. Öl in einer großen Pfanne erhitzen. Bratwurstbällchen darin unter Wenden ca. 3 Minuten braten. Herausnehmen und zur Seite stellen.

4. Im gleichen Bratfett Zwiebel, Karotten und Spitzkohl dünsten.

5. 1 EL Wasser hinzufügen, mit Salz und Pfeffer abschmecken und ca. 6 Minuten unter gelegentlichem Wenden garen.

6. Chilisoße, Koriander, Bohnenkeimlinge und Bratwurstbällchen zum Gemüse hinzufügen, alles gut vermengen und kurz aufkochen. Mit Salz, Pfeffer und etwas Curry abschmecken.

7. Auf Tellern anrichten und mit Mandelstiften garniert servieren.

Spargel-Flammkuchen mit Schinken

ZUTATEN FÜR 12 STÜCK

260 g frischer Flammkuchenteig (Kühlregal) · 500 g weißer Spargel · 100 g Schinken · Jodsalz · Pfeffer · 1 TL Zucker · 1 TL Zitronensaft · 1 Becher Crème fraîche · 5 Stiele Kerbel

1. Backofen auf 225° C vorheizen.

2. Spargel waschen, schälen und die holzigen Enden abschneiden. Salzwasser mit Zucker und Zitronensaft aufkochen und Spargel darin 8 bis 10 Minuten sehr bissfest kochen. Kalt abschrecken, abtropfen lassen und schräg in dünne Scheiben schneiden.

3. Crème fraîche glattrühren und mit Salz und Pfeffer abschmecken.

4. Flammkuchenteig auf Backpapier auf einem Backblech ausrollen, mit Crème fraîche bestreichen und mit dem Spargel belegen. Im Backofen 13 bis 15 Minuten backen.

5. In der Zwischenzeit Kerbel waschen, trocken schütteln und die Blätter grob von den Stielen zupfen. Schinken in kleinere Stücke zerlegen.

6. Flammkuchen aus dem Ofen nehmen, mit Schinken und Kerbel belegen und sofort servieren.

Tipp: Spargelsaison ist in der Regel von April bis Juni. Anstelle des Schinkens kann auch geräucherter Tofu verwendet werden.

Hähnchenfilet auf Rotkohlsalat

ZUTATEN FÜR 4 PERSONEN

4 Hähnchenbrustfilets à ca. 175 g · 1 Kopf Rotkohl · ½ Bund frischer Majoran · Jodsalz · Pfeffer · 2 Orangen · 1 rote Chili · 4 EL Weißweinessig · 1 EL mittelscharfer Senf · 7 EL Agavendicksaft · 7 EL Olivenöl · 4 Schalotten · 50 g Walnüsse

1. Kohl putzen, waschen und in Streifen schneiden. Majoran waschen, trocken schütteln. Ein paar Blättchen zum Garnieren auf die Seite legen. Den Rest klein hacken.

2. Kohl, gehackten Majoran, je ½ TL Salz und Pfeffer gründlich verkneten und ziehen lassen. Orangen filetieren und entsaften.

3. Chili waschen, entkernen und in Ringe schneiden.

4. Für die Vinaigrette Essig, Orangensaft, Chili, Senf und Agavendicksaft verquirlen und mit etwas Salz würzen. 6 EL Öl darunter schlagen.

5. Schalotten schälen, in feine Würfel schneiden und unter die Vinaigrette rühren.

6. Fleisch waschen und trocken tupfen.

7. 1 EL Öl in einer Pfanne erhitzen und Fleisch darin etwa 10 bis 12 Minuten braten. Dabei öfter wenden. Mit Salz und Pfeffer würzen.

8. Walnüsse grob hacken. Kohl, Nüsse, Vinaigrette und Orangenfilets mischen.

9. Fleisch in Scheiben schneiden. Salat und Fleisch portionsweise anrichten und mit dem zur Seite gestellten Majoran garniert servieren.

Tipp: Sommer-Rotkohl hält ca. 5 bis 10 Tage im Kühlschrank. Winter-Rotkohl hält sich an einem kühlen und trockenen Ort über Monate.

Hackfleisch-Kohlrabi-Lasagne

ZUTATEN FÜR 4 PERSONEN

400 g Hackfleisch gemischt · 4 Kohlrabis · 2 Zwiebeln · 2 Rispentomaten · 1 EL Olivenöl · 1 EL Tomatenmark · 1 Dose gestückelte Tomaten · Jodsalz · Pfeffer · 150 ml Milch · 350 g Kräuterquark · 150 g Emmentaler gerieben

1. Backofen auf 200° C Ober-/Unterhitze vorheizen.

2. Kohlrabi schälen und in dünne Scheiben schneiden. Zwiebeln schälen und würfeln. Tomaten waschen und in Scheiben schneiden.

3. Ausreichend Salzwasser in einem Topf zum Kochen bringen und Kohlrabi darin bissfest garen.

4. Öl in einer Pfanne erhitzen und die Zwiebeln anschwitzen. Hackfleisch hinzufügen und gut anbraten.

5. Tomatenmark sowie gestückelte Tomaten unterrühren und die Soße ein paar Minuten köcheln lassen. Mit Salz und Pfeffer abschmecken.

6. Milch und Kräuterquark verrühren, bis eine cremige Masse entstanden ist.

7. Die Lasagne in eine Auflaufform schichten: Den Boden mit etwas Hackfleischsoße bedecken. Kohlrabi-Scheiben darauf verteilen. Kräuterquarkcrème zur Hälfte darauf verteilen, dann Hackfleischsoße und die Hälfte der Tomatenscheiben darauf verteilen. Eine Schicht Kohlrabi-Scheiben verteilen und in obiger Reihenfolge weiterschichten, bis alle Zutaten aufgebraucht sind. Die letzte Schicht sollte Hackfleischsoße sein.

8. Mit dem geriebenen Käse bestreuen und im Backofen ca. 25 Minuten backen.

TIPP: RICHTIG DÜNN WERDEN DIE KOHLRABI-SCHEIBEN, WENN MAN DIE KNOLLEN HOBELT.

Hähnchenbrustfilets in Zitronen-Marinade mit Ofengemüse

ZUTATEN FÜR 4 PERSONEN

4 Hähnchenbrustfilets à ca. 200 g · 800 g festkochende Kartoffeln · ½ Zitrone · 2 rote Paprikaschoten · 2 gelbe Paprikaschoten · 2 Karotten · 1 Becher Naturjoghurt · 5 EL Olivenöl · 1 EL Harissa (Gewürzpaste) · 1 TL Curry · Jodsalz · 1 Zweig Rosmarin · 1 Zweig Thymian · 2 Knoblauchzehen

1. Den Backofen auf 200° C Ober-/ Unterhitze vorheizen.

2. Die Schale der Zitrone abreiben und den Saft auspressen. Joghurt mit Zitronensaft und -schale, 1 EL Olivenöl, Harissa-Paste und Curry verrühren.

3. Die Hähnchenbrustfilets waschen, trockentupfen und mit der Joghurtmischung in einen Gefrierbeutel geben und für mindestens 1 Stunde im Kühlschrank marinieren.

4. In der Zwischenzeit die Kartoffeln waschen, grob würfeln und auf ein mit Backpapier ausgelegtes Backblech legen.

5. Paprika waschen, entkernen, vierteln und mit aufs Blech legen. Karotten schälen, in lange Stifte schneiden und ebenfalls darauflegen. Alles gut salzen.

6. Rosmarin und Thymian waschen, trocken tupfen, Blätter bzw. Nadeln abzupfen und klein hacken. Knoblauchzehen schälen und durch die Presse drücken. Kräuter und 3 EL Olivenöl mit Knoblauch gut verrühren und über dem Gemüse verteilen.

7. Im Backofen etwa 25 Minuten backen. Das Gemüse aus dem Ofen nehmen und den Ofen auf 140° C herunterkühlen lassen.

8. Hähnchenbrustfilets aus dem Beutel nehmen, abtropfen lassen und mit Küchenpapier abtupfen. 1 EL Olivenöl in einer Pfanne erhitzen und das Fleisch von allen Seiten bei mittlerer Hitze ca. 6 Minuten braten.

9. Hähnchenbrustfilets auf das Gemüse setzen und mit dem Bratensatz übergießen. Für ca. 15 Minuten backen.

Puten-Saltimbocca mit Brokkoli

ZUTATEN FÜR 4 PERSONEN

4 schmale flache Putenschnitzel · 8 Scheiben Schwarzwälder Schinken · 8 Blatt Salbei · 600 g Brokkoli · 2 EL Sonnenblumenöl · 1 Knoblauchzehe · 1 TL Mehl · Jodsalz · Pfeffer · 350 ml Vollmilch · 150 g Emmentaler gerieben · geriebene Muskatnuss · 1 TL Zitronensaft

1. Salbei waschen und trocken tupfen. Schnitzel waschen, trocken tupfen halbieren und ganz dünn klopfen. Etwas salzen und pfeffern.

2. Jedes Schnitzel mit 1 Blatt Salbei und 1 Scheibe Schinken belegen und mit Holzspießen feststecken.

3. Brokkoli waschen, putzen und in Röschen teilen. In kochendem Salzwasser ca. 4 Minuten garen, abtropfen lassen und warmhalten.

4. 1 EL Öl in einer großen Pfanne erhitzen und Fleisch darin unter Wenden ca. 6 Minuten braten.

5. Knoblauch schälen und fein hacken. 1 TL Öl in einem Topf erhitzen und Knoblauch darin kurz andünsten. Mit Mehl bestäuben und unter Rühren kurz anschwitzen.

6. Mit Milch ablöschen und 2 bis 3 Minuten köcheln lassen. Käse hinzufügen und bei schwacher Hitze unter ständigem Rühren schmelzen lassen. Soße mit Salz, Muskat sowie Zitronensaft abschmecken und kurz mit dem Pürierstab aufschäumen.

7. Fleisch, Brokkoli und Soße auf Tellern anrichten und mit Pfeffer bestreut servieren.

TIPP: DA DER SALBEI AM NÄCHSTEN TAG ZU INTENSIV SCHMECKT, SOLLTE DAS SALTIMBOCCA MÖGLICHST DIREKT VERZEHRT WERDEN.

Tandoori Hähnchen mit Safranreis

ZUTATEN FÜR 4 PERSONEN

700 g Hähnchenbrustfilet · 250 g Langkornreis · 2 Knoblauchzehen · 25 g frischer Ingwer · 250 g milder Joghurt · 2 TL Tandoori-Gewürzpulver · 1 Prise Safranfäden · 2 EL Rapsöl · 4 Frühlingszwiebeln · 1 TL Mehl · 150 ml Sojacrème zum Kochen · 150 ml Wasser · Jodsalz · Pfeffer

1. Knoblauch schälen und in eine Schüssel pressen. Ingwer schälen, fein reiben und hinzufügen. Joghurt und Tandoori-Gewürzpulver dazugeben und alles gründlich verrühren.

2. Hähnchenbrüste in der Marinade wenden und 2 Stunden im Kühlschrank marinieren.

3. Reis in der doppelten Menge Wasser aufsetzen, aufkochen, mit Salz und Safran würzen und nach Packungsangabe garen.

4. Öl in einer großen Pfanne erhitzen. Fleisch gut abtropfen lassen, Marinade abstreifen, restliche Marinade beiseitestellen.

5. Fleisch etwa 10 Minuten bei mittlerer Hitze braten, dabei mehrmals wenden. Frühlingszwiebeln waschen und in feine Ringe schneiden. Übrige Marinade mit Mehl, Sojacrème sowie Wasser glattrühren und mit Salz und Pfeffer würzen.

6. Fleisch aus der Pfanne nehmen und zugedeckt warmhalten.

7. Angerührte Marinade in die Pfanne geben, alles gut vermengen und einmal aufkochen. Das Hähnchenfleisch wieder mit hineingeben und noch einmal abschmecken.

8. Auf Tellern mit Reis anrichten und mit Frühlingszwiebeln servieren.

Bunte Hähnchen-Reis-Pfanne

ZUTATEN FÜR 4 PERSONEN

4 Hähnchenbrustfilets à ca. 100 g · 300 g Spitzen-Langkornreis · 300 g Erbsen · 1 rote Paprikaschote · ½ Chinakohl · 2 rote Zwiebeln · 1 Bund Frühlingszwiebeln · 3 EL Rapsöl · 75 ml Gemüsebrühe · 5 EL Sojasoße · ¼ TL Chiliflocken · Jodsalz · ½ TL Currypulver · 40 g Cashewkerne · Sambal Oelek

1. Reis nach Packungsanweisung gar kochen. Erbsen auftauen lassen.

2. In der Zwischenzeit Paprika waschen, entkernen und in Streifen schneiden. Chinakohl waschen, einmal längs und einmal quer halbieren und in Spalten schneiden. Zwiebeln schälen und in dünne Spalten schneiden. Die Hälfte der Frühlingszwiebeln waschen und schräg in Ringe schneiden. Hähnchenbrustfilet mundgerecht würfeln.

3. 1 EL Öl im Wok oder in einer großen Pfanne erhitzen und Hähnchenstücke darin gut anbraten. Fleisch herausnehmen, restliches Öl erhitzen und Zwiebeln und Paprika anbraten.

4. Frühlingszwiebeln und Chinakohl hinzufügen und alles leicht bissfest anbraten. Mit Gemüsebrühe und Sojasoße ablöschen und mit Chiliflocken und Salz würzen.

5. Reis, Hähnchenstücke, Erbsen und Currypulver unterheben. Cashewkerne grob hacken und in einer kleinen Pfanne ohne Fett kurz rösten. Restliche Frühlingszwiebeln fein schneiden.

6. Gericht auf Tellern anrichten und mit Cashews und Frühlingszwiebeln garniert servieren. Nach Belieben Sambal Oelek dazu reichen.

Pikante Hähnchen-Pasta

ZUTATEN FÜR 4 PERSONEN

400 g Hähnchenbrustfilet · 300 g junger Spinat · 1 Knoblauchzehe · 1 Zwiebel · 1 rote Chilischote · 4 EL Rapsöl · Jodsalz · 1 Dose geschälte Tomaten · 500 g Tortiglioni · 1 EL Zucker · 150 g Goudakäse, grob geraspelt

1. Spinat waschen und trockenschleudern. Knoblauch und Zwiebel schälen und fein würfeln. Chili waschen, entkernen und Fruchtfleisch in Ringe schneiden. Fleisch waschen, trocken tupfen und würfeln.

2. Öl in einer großen Pfanne erhitzen und Fleisch darin ca. 10 Minuten braten, dabei öfter wenden. Nach ca. 8 Minuten Zwiebeln und Knoblauch dazugeben und mit anbraten. Spinat hinzufügen und zusammenfallen lassen. Mit Salz und Chili würzen.

3. Tomaten hinzufügen, kurz aufkochen und dabei alles mit dem Pfannenwender zerkleinern.

4. In der Zwischenzeit Tortiglioni in kochendem Salzwasser nach Packungsanweisung zubereiten. Fertige Nudeln in ein Sieb abgießen, dabei ca. 150 ml Nudelwasser auffangen. Nudeln und Nudelwasser zurück in den Topf geben.

5. Soße hinzufügen und mit Salz und Zucker abschmecken.

6. Auf Tellern anrichten und mit dem geraspelten Käse bestreuen.

TIPP: DAS NUDELWASSER, DAS SPÄTER ZUR SOSSE GEGEBEN WIRD, IST FÜR DIE SÄMIGKEIT BESONDERS WICHTIG. DIE DARIN ENTHALTENE STÄRKE DER PASTA SORGT DAFÜR, DASS DIE SOSSE ETWAS ANDICKT UND DADURCH SCHÖN CREMIG WIRD.

Spargel-Schinken-Kartoffel-Auflauf

ZUTATEN FÜR 4 PERSONEN

800 g Kartoffeln · 500 g weißer Spargel · 1 EL Butter · 120 g Schinkenwürfel · 1 Becher Crème fraîche · 1 Becher Sahne · 1 TL Senf · 1 Zitrone · 1 Knoblauchzehe · 150 g geriebener Emmentaler · Jodsalz · Pfeffer · 1 Prise Muskat

1. Kartoffeln in Salzwasser kochen, abgießen und abkühlen lassen. Pellen und in Scheiben schneiden.

2. Spargel gründlich schälen, die holzigen Enden abschneiden und in 10 cm lange Stücke schneiden. Für 5 bis 6 Minuten in Salzwasser kochen und abschrecken.

3. Backofen auf 180° C vorheizen.

4. Eine Auflaufform mit Butter einfetten und den Boden mit Kartoffeln belegen. Spargel und Schinkenwürfel darüber verteilen.

5. Crème Fraîche, Sahne, Senf, 2 EL Zitronensaft und abgeriebene Schale einer halben Zitrone miteinander verrühren. Knoblauch schälen und hineinpressen.

6. 50 g Käse untermischen. Mit Pfeffer, Salz und Muskat abschmecken.

7. Soße über den Spargel gießen und gleichmäßig in der Auflaufform verteilen. Den restlichen Käse darüber verteilen und für 25 bis 30 Minuten im Backofen backen.

Tipp: Zum Auflauf passt ein schlichter Salat. Die Schinkenwürfel können auch durch geräucherten Tofu ersetzt werden.

Frikadellen mit Kartoffel-Kräuterpüree

ZUTATEN FÜR 4 PERSONEN

500 g Rinderhackfleisch · 600 g Kartoffeln · 1 große Dose mildes Weinsauerkraut · 1 Becher saure Sahne · 4 Scheiben Weißbrot · 2 Schalotten · 2 TL Senf · 2 Eier · 5 EL Semmelbrösel · Jodsalz · Pfeffer · Paprikapulver · Majoran · 2 EL Olivenöl · 250 ml Milch · 2 EL Butter · 8 Zweige Basilikum · rosa Pfefferbeeren

1. Kartoffeln schälen, grob würfeln und in Salzwasser ca. 15 bis 20 Minuten weich garen.

2. Weinsauerkraut abgießen und in einem Topf erwärmen.

3. Sahne hinzufügen und ca. 10 Minuten bei niedriger Hitze garen lassen.

4. In der Zwischenzeit Weißbrot klein reißen und ca. 5 Minuten in Wasser einweichen, dann gut ausdrücken.

5. Schalotten schälen und fein hacken. Hackfleisch in eine Schüssel geben.

6. Weißbrot, Schalotten, Senf, Eier und Semmelbrösel hinzufügen und alles gut vermengen.

7. Mit Salz, Pfeffer und Gewürzen abschmecken.

8. Aus der Hackfleischmasse 8 bis 12 Frikadellen formen.

9. Öl in einer Pfanne erhitzen und Frikadellen darin etwa 5 bis 7 Minuten knusprig braten. Etwa zur Hälfte der Garzeit wenden. Auf Küchenpapier abtropfen lassen.

10. Gare Kartoffeln abgießen und mit stampfen.

11. Milch mit der Butter in einem Topf erwärmen und Kartoffelmasse gut einrühren. Mit Salz und Pfeffer würzen. Basilikum waschen und trocken schütteln. Ein paar Blätter zum Garnieren zur Seite legen. Den Rest fein hacken und unter das Püree mischen.

12. Weinsauerkraut mit Salz, Pfeffer und zerstoßenen rosa Pfefferbeeren abschmecken.

13. Kraut und Püree auf einem Teller anrichten, je 2 bis 3 Frikadellen darauflegen und mit Basilikumblättern garniert servieren.

Vegetarische Rezepte

Vegetarische Bagels

ZUTATEN FÜR 4 PERSONEN

4 Bagels · 150 g getrocknete Tomaten · 250 g Frischkäse · 60 g Tomatenmark · 12 Blätter Basilikum · 100 g Eisbergsalat · Balsamico-Crème · 150 g Mozzarella · 4 Tomaten · 1 Bund Radieschen · Jodsalz · Kresse

1. Getrocknete Tomaten in Würfel schneiden. Frischkäse und Tomatenmark hinzufügen und gut verrühren, Basilikum klein schneiden und dazugeben.

2. Bagels halbieren und gemäß Packungshinweis toasten oder aufbacken. Die untere Seite der Bagels mit der Crème bestreichen.

3. Eisbergsalat waschen, in Streifen schneiden und auf den Bagels verteilen.

4. Balsamico-Crème auf den Salat geben. Mozzarella abgießen, in Scheiben schneiden und auf den Salat legen.

5. Tomaten und Radieschen waschen, in Scheiben schneiden und auf den Mozzarella legen. Balsamic-Crème auf die Tomaten geben und die Radieschen ein wenig salzen. Kresse waschen und über den Bagels verteilen. Oberteil des Bagels darauflegen und genießen.

TIPP: IN EINER BROTDOSE EINGEPACKT EIGNEN SICH DIESE LECKEREN BAGELS PERFEKT ZUM MITNEHMEN.

Spaghetti mit Champignon-Mangold-Rahmsoße

ZUTATEN FÜR 4 PERSONEN

600 g Champignons · 2 rote Zwiebeln · 2 Karotten · 400 g Mangold · 400 g Vollkornspaghetti · 2 EL Olivenöl · 100 ml Trauben- oder Apfelsaft · 2 Becher Sahne · 4 Zweige Zitronenthymian · Jodsalz · Pfeffer · rosa Pfefferbeeren · 75 g geriebener Bergkäse (aus pasteurisierter Milch)

1. Champignons putzen, ggf. abbürsten oder schälen. Zwiebeln und Karotten schälen und würfeln. Mangold waschen, putzen und in Streifen schneiden.

2. Spaghetti in reichlich Salzwasser ca. 8 bis 10 Minuten bissfest garen.

3. Öl in einer Pfanne erhitzen und Zwiebeln darin glasig dünsten. Karotten und Mangold hinzufügen und 5 Minuten andünsten.

4. Champignons hinzufügen und kurz mit andünsten. Mit dem Saft ablöschen und mit der Sahne angießen. Weitere 5 Minuten köcheln lassen.

5. Thymian waschen, trocken schütteln und Blätter abzupfen. Soße mit Salz, Pfeffer, Thymian und Pfefferbeeren würzen.

6. Soße zu den Spaghetti servieren und mit Käse bestreuen.

TIPP: IM WINTER KANN MANGOLD AUCH DURCH WIRSING ERSETZT WERDEN.

Gnocchi mit Knoblauchspinat und Schafskäse

ZUTATEN FÜR 4 PERSONEN

800 g Gnocchi · 250 g Kirschtomaten · 300 g junger Spinat · 1 kleine Knoblauchzehe · 1 Zwiebel · 2 EL Öl · Jodsalz · Pfeffer · 100 g Schlagsahne · 100 ml Milch · 200 g Feta

1. Backofen auf 220° C Ober-/Unterhitze vorheizen.

2. Tomaten waschen. Spinat waschen und gut abtropfen lassen. Knoblauch schälen und fein hacken. Zwiebel schälen und fein würfeln.

3. Öl in einer beschichteten Pfanne erhitzen. Tomaten, Gnocchi und Zwiebelwürfel darin ca. 3 Minuten braten, bis die Tomaten aufplatzen.

4. Spinat hinzufügen und mit Salz und Pfeffer würzen. Sahne und Milch hinzufügen, aufkochen und nochmals abschmecken.

5. Gnocchi in 4 kleine ofenfeste Förmchen füllen. Käse zerbröckeln und darüber streuen.

6. Im Backofen 5 bis 8 Minuten mit dem Grill überbacken. Herausnehmen und sofort servieren.

TIPP: AUCH WENN DIE GNOCCHI HÄUFIG WIE PASTA SERVIERT WERDEN, HABEN SIE NICHT VIEL GEMEINSAM. DIE KLASSISCHEN GNOCCHI DI PATATE WERDEN AUS GEGARTEN, MEIST MEHLIGKOCHENDEN KARTOFFELN, MEHL, EIERN UND SALZ HERGESTELLT.

Kichererbsen-Spinat-Pfanne

ZUTATEN FÜR 4 PERSONEN

2 Gläser Kichererbsen · 300 g Blattspinat · 400 g Tomaten · 2 große Zwiebeln · 2 EL Olivenöl · Jodsalz · 1 TL Curry

1. Kichererbsen abtropfen lassen. Spinat und Tomaten waschen. Tomaten in grobe Würfel schneiden. Zwiebel schälen und in feine Würfel schneiden.

2. Öl in einer Pfanne erhitzen und Zwiebeln darin anbraten.

3. Kichererbsen, Tomaten und Spinat hinzufügen und kurz andünsten.

4. Mit Salz sowie Curry würzen und servieren.

TIPP: WER ES ETWAS SCHÄRFER MAG, KANN DEM GERICHT MIT PFEFFER ODER CHILIFLOCKEN MEHR WÜRZE VERLEIHEN.

Vegetarische Herzwaffeln

ZUTATEN FÜR 4 PERSONEN

1 großes Ei · 1 TL Salz · 100 g saure Sahne · 80 ml Milch · 1 TL Backpulver · 50 g Butter · 150 g Vollkornmehl · 120 g Karotten · 5 EL geriebener Parmesan · 125 ml Rama Cremefine · 150 g griechischer Joghurt · 3 TL Tafelmeerrettich · Pfeffer · 3 Knollen Rote Bete (vorgekocht) · ½ Bund Schnittlauch

1. Ei trennen, Eigelb beiseitestellen. Eiweiß mit Salz steif schlagen. Karotten schälen und fein reiben.

2. In einer Schüssel Eigelb mit saurer Sahne, Milch, Backpulver und Butter cremig schlagen.

3. Mehl hinzufügen. Karotten und Parmesan unterrühren. Zum Schluss den Eischnee unterheben.

4. Ein Waffeleisen in Herzform vorheizen, jeweils ¼ des Waffelteigs gleichmäßig auf dem Waffeleisen verteilen und Waffeln goldbraun backen.

5. Waffeln auf einem Kuchengitter etwas abkühlen lassen.

6. Für den Dip die Cremefine steif schlagen, Joghurt und Meerrettich unterheben und mit Salz und Pfeffer abschmecken.

7. Die Rote Bete in dünne Scheiben hobeln.

8. Schnittlauch fein schneiden.

9. Rote Bete, Meerrettichdip und Schnittlauch auf den Herzwaffeln anrichten.

Lauch-Karotten-Risotto mit Mandel-Birnen

ZUTATEN FÜR 4 PERSONEN

2 rote Zwiebeln · 2 bis 3 Karotten · 2 Stangen Lauch · 2 Zweige Rosmarin · 4 EL Olivenöl · 300 g Vollkorn-Rundkorn-Reis · 100 ml Birnensaft · 750 ml Gemüsebrühe · 1 Becher Sahne · Jodsalz · Pfeffer · 2 Birnen · 2 Zweige Thymian · 4 EL Mandeln, gehobelt · 2 TL Honig

1. Die Zwiebeln schälen und fein hacken. Karotten schälen und klein würfeln. Lauch putzen und in Ringe schneiden. Rosmarin waschen, trocken schütteln und fein hacken.

2. 1 EL Öl in einem Topf erhitzen. Zwiebel, Karotten, Lauch und Rosmarin ca. 2 Minuten bei mittlerer Hitze andünsten.

3. Reis hinzufügen und 1 bis 2 weitere Minuten unter Rühren dünsten. Mit dem Saft ablöschen und bei mittlerer Hitze vollständig einkochen lassen.

4. Nach und nach den Reis mit Brühe angießen, bis er bedeckt ist, und unter Rühren einkochen lassen.

5. Immer erst neue Flüssigkeit angießen, wenn die dazugegebene Menge bereits aufgenommen worden ist. Dabei immer wieder umrühren.

6. Den Reis bei kleiner Flamme 15 bis 20 Minuten quellen lassen, dabei öfter umrühren. Sahne hinzufügen und mit Salz und Pfeffer abschmecken.

7. Birne waschen, entkernen und in Scheiben schneiden. Thymian waschen, trocken schütteln und Blätter abzupfen.

8. 1 EL Öl in einer Pfanne erhitzen. Birnen und Mandeln darin andünsten und mit Honig karamellisieren. Mit Salz, Pfeffer und Thymian würzen.

9. Birnen auf dem Risotto servieren.

Brokkoli-Kichererbsen-Curry

ZUTATEN FÜR 4 PERSONEN

2 Brokkoli · 2 Zwiebeln · 2 Knoblauchzehen · 2 EL Sesamöl · 60 g Cashewkerne · 4 EL rote Currypaste · 2 kleine Dosen Kichererbsen · 400 ml passierte Tomaten · 2 kleine Dosen Kokosmilch (200 ml) · 250 g Basmatireis · Jodsalz · Pfeffer · 4 Zweige frischer Koriander

1. Brokkoli putzen, waschen und in einzelne Röschen teilen. Zwiebel und Knoblauch schälen und würfeln.

2. Öl in einer großen Pfanne erhitzen und Zwiebeln sowie Knoblauch darin andünsten. Brokkoli, Cashewkerne und Gewürzpaste dazugeben und 5 Minuten andünsten.

3. Kichererbsen in einem Sieb abtropfen lassen. Dann Kichererbsen, passierte Tomaten und Kokosmilch in die Pfanne dazugeben und ca. 10 Minuten köcheln lassen.

4. In der Zwischenzeit Basmatireis in die dreifache Menge kochendes Salzwasser geben und bei schwacher Hitze 10 Minuten köcheln lassen. Durch ein Sieb abgießen und zugedeckt nachdampfen lassen.

5. Koriander waschen, trocken schütteln und Blätter abzupfen.

6. Curry mit Salz und Pfeffer abschmecken und den Reis mit den Korianderblättern servieren.

Gefüllte Kartoffeln mit Sesam-Couscous

ZUTATEN FÜR 4 PERSONEN

4 große Kartoffeln · 200 g Spitzkohl · 2 Karotten · 4 Frühlingszwiebeln · 2 Granatäpfel · 2 EL Walnussöl · 2 TL Zitronensaft · 2 TL Honig · Jodsalz · Pfeffer · 200 g Instant-Couscous · 2 EL Sesamsaat, geröstet · 2 EL Rosinen · 4 Zweige frische Minze · 1 rote Zwiebel · 300 g Naturjoghurt (1,5% Fett)

1. Kartoffeln waschen und ca. 20 Minuten in kochendem Wasser weich garen.

2. Spitzkohl putzen und in Streifen schneiden. Karotten schälen und fein raspeln. Frühlingszwiebeln putzen und in Ringe schneiden. Gemüse vermengen.

3. Granatapfel halbieren, über einer Schüssel die Fruchtkerne aus der Schale lösen und 2 EL davon beiseitestellen. Kerne mit Öl, Zitronensaft und Honig vermischen. Mit Salz und Pfeffer würzen.

4. Dressing unter das Gemüse heben und ziehen lassen.

5. Couscous mit Sesam vermischen, mit der doppelten Menge kochendem Salzwasser übergießen und zugedeckt 10 Minuten quellen lassen.

6. Couscous mit einer Gabel auflockern und Rosinen unterheben.

7. Für die Soße die Minze waschen, trockenschütteln und fein hacken. Zwiebel schälen und fein hacken.

8. Joghurt mit der Minze und der Zwiebel vermischen und mit Salz und Pfeffer würzen.

9. Kartoffeln abgießen und in der Mitte längs einschneiden. Mit dem Couscous und dem Salat füllen, die Soße darüber geben und mit den restlichen Granatapfelkernen bestreut servieren.

TIPP: WER KEINE ROSINEN MAG, KANN STATTDESSEN AUCH CRANBERRYS VERWENDEN.

Pasta mit Feldsalat-Pesto

ZUTATEN FÜR 4 PERSONEN

150 g Feldsalat · 2 Zehen Knoblauch · 50 g Walnusskerne · 100 g Parmesan · 10 EL Olivenöl · Jodsalz · Pfeffer · 400 g Spaghetti

1. Feldsalat waschen, trockenschleudern. Knoblauch schälen und halbieren.

2. Walnüsse in einer Pfanne ohne Fett leicht anrösten.

3. 80 g Parmesan in grobe Stücke schneiden.

4. Feldsalat portionsweise in ein hohes Gefäß stopfen. Knoblauch, fast alle Walnüsse und Parmesan dazugeben. Olivenöl hinzufügen und alles mit dem Pürierstab mixen.

5. Mit Salz und Pfeffer würzen. Feldsalat nach und nach dazugeben, bis er fast verbraucht ist.

6. Spaghetti nach Packungsanweisung kochen, abgießen und mit Pesto verrühren.

7. Mit einigen Blättern Feldsalat, Walnüssen und geriebenem Parmesan dekorieren.

Vollkornspaghetti mit Ratatouille

ZUTATEN FÜR 4 PERSONEN

500 g Vollkornspaghetti · 1 Zucchini · 1 Aubergine · 1 rote Paprika · 1 gelbe Paprika · 2 Zwiebeln · 1 Knoblauchzehe · 2 Stiele Basilikum · 2 Zweige Rosmarin · 3 Stiele Thymian · 1 EL Olivenöl · 400 g stückige Tomaten · 1 EL Tomatenmark · 100 ml Gemüsebrühe · Jodsalz · Pfeffer · 1 EL Zucker · Parmesan

1. Spaghetti in Salzwasser nach Packungsanweisung al dente garen.

2. Zucchini, Aubergine und Paprika waschen und würfeln. Zwiebeln und Knoblauch schälen und fein hacken. Kräuter waschen, trocken schütteln und die Blätter bzw. Nadeln fein hacken.

3. Öl in einem Topf erhitzen. Zwiebel und Paprika darin anschwitzen. Knoblauch und restliches Gemüse hinzufügen und kurz anschwitzen.

4. Gehackte Tomaten, Rosmarin, Thymian und Tomatenmark hinzufügen und bei mittlerer Hitze etwa 15 bis 20 Minuten garen. Bei Bedarf Gemüsebrühe dazugeben.

5. Mit Salz, Pfeffer und Zucker abschmecken.

6. Spaghetti auf Tellern verteilen, das Ratatouille darüber geben und mit Basilikum und Parmesan bestreut servieren.

Gemüse-Buchweizen-Pfanne

ZUTATEN FÜR 4 PERSONEN

200 g Buchweizen · 400 ml Gemüsebrühe · 1 Schalotte · 1 Zehe Knoblauch · 200 g Blattspinat · 1 gelbe Paprika · 1 rote Paprika · 200 g Kirschtomaten · 1 EL Rapsöl · Jodsalz · Pfeffer · Paprikapulver edelsüß

1. Buchweizen in Gemüsebrühe aufkochen und bei mittlerer Hitze köcheln lassen, bis die Flüssigkeit vollständig aufgenommen ist.

2. Schalotte und Knoblauch schälen und fein hacken.

3. Spinat putzen und lange Stiele entfernen. Paprika waschen, entkernen und in dünne Streifen schneiden. Tomaten waschen und halbieren.

4. Öl erhitzen und Schalotte sowie Paprika anschwitzen. Spinat sowie Knoblauch hinzufügen und kurz mit garen.

5. Tomaten und den fertig gegarten Buchweizen unterheben.

6. Mit Salz, Pfeffer und Paprikapulver würzen und servieren.

TIPP: BUCHWEIZEN ENTHÄLT KEIN GLUTEN UND IST DESHALB BEI EINER UNVERTRÄGLICHKEIT EINE GUTE ALTERNATIVE ZU HERKÖMMLICHEN GETREIDESORTEN.

Sommerliche Gemüsequiche

ZUTATEN FÜR 8 STÜCKE

3 bis 4 aufgetaute Platten TK-Blätterteig (ca. 250 g) · 3 Eier · 200 g Bärlauchfrischkäse · 200 g Magerquark · Jodsalz · Pfeffer · Muskat · 200 g junge Karotten · 200 g Zuckerschoten · 200 g Spargel · 1 TL schwarzer Sesamsamen

1. Backofen auf 220° C vorheizen

2. Quicheform (28 cm) einfetten und mit Mehl bestäuben.

3. Teig ausrollen und in die Form legen. Dabei einen 1 cm hohen Rand formen. Diesen mit einem Streifen Alufolie ringsum abdecken. Etwa 10 Minuten vorbacken, danach Hitze auf 200° C reduzieren.

4. Eier trennen. Frischkäse mit Quark und Eigelben cremig rühren, würzen.

5. Karotten schälen und längs in dünne Streifen hobeln.

6. Zuckerschoten waschen, putzen. Spargel schälen, Enden abschneiden, Stangen quer halbieren.

7. Eiweiße steif schlagen, unter die Crème ziehen. Masse auf den Teig füllen. Gemüse darauf verteilen und mit Sesam bestreuen.

8. Quiche 35 bis 40 Minuten backen.

Orientalisches Gemüse mit Granatapfel und Hummus

ZUTATEN FÜR 4 PERSONEN

1 kleine Aubergine · 1 Zucchini· 1 große Süßkartoffel · 2 rote Zwiebeln · 50 g getrocknete Datteln · ½ Dose Kichererbsen · 1 Limette · 1 EL Sesamöl · 4 EL Olivenöl · 1 EL Agavendicksaft· ½ TL Kreuzkümmel · 1 TL Ras el-Hanout · Jodsalz · Pfeffer · 1 Granatapfel · ½ Bund Minze · ½ Bund Petersilie · 1 Packung Fladenbrot · Hummus

1. Aubergine waschen und längs in Streifen schneiden. Zucchini waschen und in Scheiben schneiden. Süßkartoffeln schälen und in Stücke schneiden. Zwiebeln abziehen und achteln. Datteln in kleine Stücke schneiden.

2. Kichererbsen in ein Sieb geben und mit kaltem Wasser abspülen.

3. Limette waschen, Schale abreiben und auspressen. Saft und Abrieb mit Ölen, Agavendicksaft und den Gewürzen sowie Salz und Pfeffer zu einer Soße verrühren.

4. Gemüse und Kichererbsen mit der Soße vermischen und auf ein Backblech geben. Im vorgeheizten Backofen (180° C Umluft) für 20 bis 30 Minuten garen, dabei gelegentlich umrühren.

5. In der Zwischenzeit den Granatapfel im oberen Drittel einritzen und den „Deckel" vorsichtig abnehmen, dann die Schale einschneiden, den Granatapfel auseinanderbrechen und die Kerne vorsichtig herauslösen.

6. Die Kräuter waschen und grob hacken. Das fertige Gemüse mit Kräutern bestreuen und mit Hummus, Granatapfelkernen und Brot servieren.

Tipp: Um unschöne Granatapfelspritzer zu vermeiden, kann man den Granatapfel auch in einer Schale mit Wasser aufbrechen und die Kerne darin herauslösen. Anschließend alles in ein Sieb geben und die Kerne abtropfen lassen.

Tom Kha Tofu

ZUTATEN FÜR 4 PERSONEN

4 cm Ingwer · 2 Stangen Zitronengras · 300 g Tofu · 300 g braune Champignons · 200 g Kirschtomaten · 2 Karotten · 2 gelbe Paprika · 2 Chili · 2 Dosen Kokosmilch · 700 ml Gemüsebrühe · 4 Kaffir-Limettenblätter (getrocknet) · 4 EL Sojasoße · 2 Limetten · 1 TL brauner Zucker · Salz · 4 Stiele · Koriander

1. Ingwer schälen und in dünne Scheiben schneiden. Zitronengras in ca. 2 cm lange Stücke schneiden und mit dem Messergriff leicht andrücken. Den Tofu in ca. 2 cm große Würfel schneiden.

2. Champignons putzen und vierteln. Kirschtomaten halbieren. Karotte schälen und in feine Streifen schneiden. Paprika in dünne Streifen schneiden. Chili entkernen und in feine Würfel schneiden.

3. Kokosmilch und Gemüsebrühe in einem Topf erhitzen. Ingwer, Zitronengras, Limettenblätter, Chili und 1 EL Sojasoße dazugeben und ca. 10 Minuten köcheln lassen.

4. Champignons, Tofu, Karotte, Tomaten und Paprika dazugeben und ca. weitere 5 Minuten köcheln lassen.

5. Limette auspressen. Mit braunem Zucker, Limettensaft, übriger Sojasoße und Salz abschmecken. Mit Koriander garniert servieren.

Tipp: Noch schneller geht das Gericht, wenn man anstelle von Ingwer, Zitronengras, Chili und Kaffir-Limettenblättern fertige Tom-Kha-Gai-Paste nimmt. Dann kann man auch die Menge der Kokosmilch etwas reduzieren.

Pasta mit Spinat und Ricotta

ZUTATEN FÜR 4 PERSONEN

400 g Penne · 50 g Pinienkerne · Jodsalz · 400 g Blattspinat · 2 Zehen Knoblauch · 200 g Kirschtomaten · 1 EL Olivenöl · 200 g Ricotta · Pfeffer · Muskat

1. Nudeln in Salzwasser nach Packungsanweisung bissfest garen.

2. Pinienkerne in einer beschichteten Pfanne ohne Öl rösten.

3. Spinat verlesen, waschen und trockenschleudern.

4. Knoblauch schälen und fein hacken. Tomaten waschen und halbieren.

5. Öl in einer großen Pfanne erhitzen und den Knoblauch anschwitzen Spinat dazugeben und bei mittlerer Hitze garen, bis er zusammenfällt. Zum Schluss die Kirschtomaten und den Ricotta hinzufügen. Mit Salz, Pfeffer und Muskat abschmecken.

6. Penne mit dem Spinat und dem Ricotta anrichten und mit den Pinienkernen bestreut servieren.

TIPP: RICOTTA IST EIN ITALIENISCHER FRISCHKÄSE, DER IM GEGENSATZ ZUM DEUTSCHEN FRISCHKÄSE NICHT AUS MILCH, SONDERN AUS MOLKE HERGESTELLT WIRD. DADURCH IST ER VERGLEICHSWEISE RECHT FETTARM

Polenta mit grünem Spargel

ZUTATEN FÜR 4 PERSONEN

2 kg grüner Spargel · Jodsalz · 2 Bund glatte Petersilie oder Basilikum · 300 g Polentagrieß · 250 g fettarmer Frischkäse · Pfeffer

1. Spargelstangen waschen, im unteren Drittel so weit wie nötig schälen, die Enden abschneiden.

2. Spargel mit 1 l Wasser in einen Topf geben, etwas salzen, aufkochen und zugedeckt 5 bis 8 Minuten garen.

3. Kräuter waschen, trocken schütteln, Blättchen abzupfen und hacken.

4. Spargelsud abgießen und auffangen. Spargel warmhalten.

5. Sud abmessen, mit Wasser auf 1 l Flüssigkeit auffüllen, dann aufkochen und den Polentagrieß unter Rühren einrieseln lassen.

6. Frischkäse und Kräuter unterziehen, salzen, pfeffern und alles bei geringer Hitze 5 Minuten ausquellen lassen. Polenta mit Spargelstangen servieren.

TIPP: PETERSILIE UND BASILIKUM GELTEN ALS WEHENTREIBEND. IN DEN NORMALEN VERZEHRMENGEN IST SO EINE WIRKUNG JEDOCH NICHT ZU ERWARTEN. BASILIKUM WIRKT ZUDEM BERUHIGEND AUF MAGEN UND DARM. BEIDE KRÄUTER WIRKEN MILCHBILDEND.

Kohlrabi-Röllchen mit Grünkern

ZUTATEN FÜR 4 PERSONEN

4 Kohlrabis mit viel Grün · 600 ml Gemüsebrühe · 300 g Grünkernschrot · 8 EL Kräuterfrischkäse · Jodsalz · Pfeffer · geriebene Muskatnuss · 4 EL Rapsöl

1. Kohlrabi und Blätter waschen. Stiele abtrennen und in feine Streifen schneiden. Gemüsebrühe erhitzen und die Blätter 2 bis 3 Minuten darin zusammenfallen lassen, dann herausheben.

2. Die Knolle, wenn nötig, schälen und grob raspeln. ⅓ der Raspeln mit dem Grünkernschrot zur Brühe geben und bei geringer Hitze 5 Minuten ausquellen lassen. 4 EL Frischkäse unterziehen, salzen, pfeffern.

3. Jeweils 2 bis 3 Kohlrabi-Blätter überlappend auslegen, mit Grünkern füllen, die Seiten einschlagen, aufrollen.

4. Öl im Topf erhitzen, die Röllchen darin rundherum andünsten und zugedeckt 5 Minuten leise weiter dünsten. Evtl. etwas Wasser hinzufügen.

5. Die restlichen Kohlrabi-Raspeln und die Stielstreifen mit dem übrigen Frischkäse pürieren und abschmecken. Als Dip zu den Röllchen reichen.

Karamell-Karotten mit Couscous

ZUTATEN FÜR 4 PERSONEN

1,2 kg Karotten · 4 EL Mandelstifte · 300 g Couscous · 4 EL Rosinen · 4 TL Currypulver · 1 Prise Cayennepfeffer · Jodsalz · 4 EL Rapsöl · 4 TL Rohrzucker · 6 TL Sojasauce · 10 EL Joghurt

1. Geschälte Karotten längs halbieren, in 5 cm lange Stifte schneiden.

2. Mandeln in einem Topf ohne Fett leicht anrösten. Couscous und Rosinen dazugeben, mit 800 ml Wasser kurz aufkochen. Curry, Cayennepfeffer und Salz dazugeben und den Couscous bei wenig Hitze ausquellen lassen.

3. Öl in einer Pfanne erhitzen, Karotten darin 5 Minuten zugedeckt fast gar dünsten. Zum Karamellisieren Zucker dazugeben. Sobald dieser leicht bräunt, mit Sojasauce ablöschen, Deckel auflegen und weitere 5 Minuten dünsten, evtl. noch Wasser hinzufügen.

4. Mit Joghurt servieren.

Tipp: Reste lassen sich schnell zu einem Salat umwandeln. Dazu Joghurt mit etwas Zitronensaft verrühren, mit den restlichen Zutaten und etwas Rucola vermischen.

Steinpilzpolenta mit Zucchini

ZUTATEN FÜR 4 PERSONEN

20 g getrocknete Steinpilze· 2 Zwiebeln · 2 Knoblauchzehen· 8 TL Olivenöl · 600 ml Gemüsebrühe · 200 g Polentagrieß · 100 g Sahne · 2 Zucchini · 8 Salbeiblätter · Jodsalz · Pfeffer · 50 g Feta

1. Die Steinpilze in einem Schälchen mit kochendem Wasser übergießen und mindestens 5 Minuten einweichen. Inzwischen die Zwiebel und den Knoblauch schälen und fein würfeln. Die Pilze abtropfen lassen und in feine Streifen schneiden.

2. 2 TL Olivenöl in einer Pfanne erhitzen; Zwiebel und Knoblauch darin anbraten. Die Brühe angießen und aufkochen lassen.

3. Den Polentagrieß und die Pilze unter Rühren dazugeben und unter weiterem Rühren 2 Minuten köcheln lassen. Die Sahne unterrühren und die Polenta auf der ausgeschalteten Herdplatte 10 Minuten quellen lassen.

4. Inzwischen die Zucchini putzen, waschen und in dünne Scheiben schneiden. Den Salbei waschen, gründlich trocken tupfen und in Streifen schneiden. 4 TL Olivenöl in einer Pfanne erhitzen und die Zucchinischeiben darin bei mittlerer Hitze etwa 10 Minuten auf jeder Seite anbraten. Aus der Pfanne nehmen. Das restliche Öl in die Pfanne geben, die Salbeistreifen darin schwenken und wieder herausnehmen.

5. Die Steinpilzpolenta mit Salz und Pfeffer abschmecken und auf zwei Tellern anrichten. Die Zucchinischeiben darauf geben und mit Salbei bestreuen. Den Feta darüber bröseln.

Vegetarische Reis-Tortillas

ZUTATEN FÜR 4 PERSONEN

250 g Reis · Jodsalz · 1 rote Paprika · 1 gelbe Paprika · 1 kleine Zucchini · 1 Zwiebel · ½ Bund Schnittlauch · 1 EL Olivenöl · Pfeffer · Paprikapulver edelsüß · 4 Eier · 100 g geriebener Käse

1. Reis nach Packungsanweisung in Salzwasser zubereiten. Abgießen und beiseitestellen.

2. Paprika waschen, Kerne entfernen und in kleine Würfel schneiden. Zucchini waschen und ebenfalls klein würfeln. Zwiebel schälen und fein hacken. Schnittlauch waschen und in Röllchen schneiden. Einen Teil für die Deko beiseitestellen.

3. 1 EL Öl in einer ofenfesten Pfanne erhitzen und Zwiebel, Paprika sowie Zucchini anschwitzen. Reis hinzufügen und mit Salz, Pfeffer und Paprikapulver würzen. Eier verquirlen und zusammen mit dem Käse sowie dem Schnittlauch unter den Reis mischen.

4. Die Pfanne in den auf 200° C Ober-/Unterhitze vorgeheizten Backofen stellen und ca. 20 Minuten backen. Mit dem restlichen Schnittlauch bestreut servieren.

TIPP: IST DIE PFANNE NICHT OFENFEST, KANN MAN DIE TORTILLAS AUCH IN EINER AUFLAUFFORM BACKEN.

Pastinaken-Gratin mit Raclettekäse

ZUTATEN FÜR 4 PERSONEN

600 g Pastinaken · 600 g Karotten · 120 g Sprossenmix · 4 TL Butter· 80 g Walnüsse · 120 ml süße Sahne (30%) · 600 ml fettarme Milch · Pfeffer · Jodsalz · 200 g Raclettekäse (Scheiben)

1. Pastinaken und Karotten waschen, schälen und in dünne Scheiben hobeln. Sprossenmix ebenfalls waschen, gut abtropfen lassen.

2. Auflaufform (Länge ca. 34 cm) mit Butter ausstreichen und die Gemüsescheiben einschichten

3. Walnüsse grob hacken und zusammen mit dem Sprossenmix über den Gemüsescheiben verteilen.

4. Sahne und Milch in einer Schüssel verquirlen, mit Pfeffer und Salz abschmecken und über das Gemüse geben.

5. Raclettekäse auseinanderzupfen und auf dem Gemüse verteilen. Im Ofen 30 Minuten bei 180 Grad (mittlere Schiene) backen.

TIPP: STATT PASTINAKEN KÖNNEN AUCH KARTOFFELN, TOPINAMBUR ODER ROTE BETE VERWENDET WERDEN.

Chili con Kürbis

ZUTATEN FÜR 4 PERSONEN

1 Hokkaido-Kürbis, ca. 800 g · 2 rote Zwiebeln · ½ Bund Oregano · 4 rote Chilischoten · 1 Dose Kidneybohnen · 1 Dose Mais · 4 EL Öl · 2 TL brauner Zucker · 1 EL Kreuzkümmel · 2 EL Tomatenmark · 1 Dose stückige Tomaten · Jodsalz · Pfeffer · 1 Bund Koriander · 1 Zitrone · 1 Becher Schmand

1. Zwiebeln schälen und fein würfeln. Oregano waschen, trocken schütteln und die Blättchen abzupfen. Chili der Länge nach halbieren, entkernen und in feine Scheiben schneiden. Kürbis waschen, halbieren und die Kerne mit einem Löffel herauskratzen. Fruchtfleisch würfeln. Bohnen und Mais abtropfen lassen.

2. Öl in einem Topf erhitzen, Kürbiswürfel hinzufügen und für ca. 3 Minuten scharf anbraten.

3. Zwiebeln, Chili, Zucker, Kreuzkümmel, Oregano und Tomatenmark hinzufügen und alles für weitere 1 bis 2 Minuten braten.

4. Stückige Tomaten hinzufügen und mit geschlossenem Deckel ca. 30 Minuten auf niedriger Stufe köcheln lassen.

5. Kurz vor Ende der Garzeit den Mais und die Kidneybohnen hinzufügen. Alles nochmal aufkochen und mit Salz und Pfeffer abschmecken.

6. Koriander waschen, trocken tupfen und klein schneiden. Zitrone waschen, trockenreiben und Schale fein abreiben. Schmand in eine Schüssel geben, mit Koriander und Zitronenabrieb vermengen und zum Chili servieren.

VARIANTE: CHILI IN EINE FLACHE FORM GEBEN, MIT KÄSE IM OFEN GRATINIEREN UND Z.B. MIT TORTILLA-CHIPS SERVIEREN.

Schnelle Frankfurter Grüne Soße mit Pellkartoffeln & Eiern

ZUTATEN FÜR 4 PERSONEN

800 g Kartoffeln · Jodsalz · 4 Eier · 1 Bund Kräuter für Grüne Soße · 150 g Joghurt · 250 g Quark · 1 Becher saure Sahne · 1 EL Zitronensaft · Pfeffer · 1 Prise Zucker

1. Die Kartoffeln gut waschen und in Salzwasser ca. 20 Minuten kochen.

2. Eier in kochendem Wasser hart kochen. Währenddessen die Kräuter waschen, sehr fein hacken und mit Joghurt, Quark und saurer Sahne verrühren.

3. Zitronensaft unterrühren und mit Salz, Pfeffer und Zucker nach Geschmack würzen.

4. Kartoffeln abgießen, unter kaltem Wasser abschrecken und pellen. Eier pellen und längs vierteln. Kartoffeln mit Eiern und Soße servieren.

Tipp: Die klassischen Kräuter für Frankfurter Grüne Soße sind Borretsch, Kerbel, Petersilie, Pimpinelle, Sauerampfer, Schnittlauch und Kresse.

Avocado-Basilikum-Pasta

ZUTATEN FÜR 4 PERSONEN

2 Handvoll Kirschtomaten · 2 Zehen Knoblauch · 1 Zitrone · 400 g Spaghetti · 2 reife Avocados · 2 Handvoll Basilikumblätter · 80 ml Olivenöl · Pfeffer · Jodsalz · 4 EL gehobelter Parmesan

1. Die Tomaten waschen und halbieren, Knoblauch schälen und halbieren; Zitrone auspressen.

2. Spaghetti nach Packungsanleitung al dente kochen. Währenddessen die Avocados schälen, entkernen und vierteln, Basilikum waschen und vorsichtig trocken tupfen.

3. Avocados zusammen mit dem Basilikum, Knoblauch, 2 EL Zitronensaft und Olivenöl in einen Mixer geben und zu einer gleichmäßigen Masse pürieren.

4. Masse mit Zitronensaft, Pfeffer und Salz abschmecken.

5. Die Spaghetti abgießen. Nur kurz abtropfen lassen, sodass sie noch gut mit Wasser benetzt sind. Im noch heißen Topf mit der Avocadocrème verrühren, Tomaten dazugeben und sofort servieren. Dazu den gehobelten Parmesan reichen.

Desserts

Beeren-Mandel-Crumble mit Joghurt- Vanillesoße

ZUTATEN FÜR 4 PERSONEN

700 g Beerenobst (frisch oder TK) · 150 g Vollkornmehl · 40 g Mandeln, gehobelt · 80 g Rohrzucker · 80 g Butter · 1 Prise Jodsalz · 300 g Naturjoghurt · 2 Päckchen Vanillezucker

1. Backofen auf 200° C (Umluft: 180° C) vorheizen.

2. Beeren gegebenenfalls waschen oder auftauen und in eine Tarte- oder Auflaufform geben.

3. Mehl, Mandeln, Zucker, Butter und Salz zu Streuseln verarbeiten, über die Beeren geben und leicht andrücken.

4. Crumble ca. 20 bis 30 Minuten im vorgeheizten Backofen backen.

5. Joghurt mit dem Vanillezucker vermischen und zum Crumble servieren.

Exotischer Obstsalat mit Sanddorn

ZUTATEN FÜR 4 PERSONEN

200 g Ananas · 200 g Mango · 200 g Papaya · 2 Bananen · 4 EL Nüsse · 2 EL Kokosflocken · 4 EL Orangensaft · 2 EL Sanddornkonzentrat

1. Früchte putzen, waschen und in kleine Würfel schneiden.

2. Nüsse grob hacken. Nüsse und Kokosflocken in einer Pfanne trocken anrösten.

3. Früchte mit Nüssen, Flocken, Orangensaft und Sanddornkonzentrat vermischen.

Pflaumenkompott mit Zimtsahne

ZUTATEN FÜR 4 PERSONEN

600 g Pflaumen (frisch oder TK) · 2 TL Butter · 2 EL Rohrzucker · 100 ml Apfelsaft · 2 Stangen Zimt · 2 Kapseln Kardamom · 1 Anisstern · 100 ml Sahne · 2 EL Rohrzucker · 1 Prise Zimt

1. Pflaumen waschen, halbieren und entkernen.

2. Butter in einem Topf erhitzen, Pflaumen dazugeben und in der Butter andünsten. Zucker darüberstreuen und karamellisieren lassen. Mit dem Apfelsaft ablöschen, Gewürze dazugeben und zugedeckt ca. 10 Minuten bei kleiner Hitze köcheln lassen.

3. Anschließend Gewürze aus dem Kompott nehmen und auskühlen lassen.

4. Sahne mit Zucker und Zimt steif schlagen und zu dem Kompott servieren.

Quark-Mohn-Crème mit Aprikosensoße

ZUTATEN FÜR 4 PERSONEN

400 g Aprikosen · 100 ml Apfelsaft · 2 Päckchen Vanillezucker mit Bourbon-Vanille · 400 g Speisequark, 20% Fett · 300 g Naturjoghurt, 1,5% Fett · 2 EL Honig · 2 EL Mohnsamen (oder Sesamsamen)

1. Aprikosen waschen, halbieren und entkernen. Eine Frucht zur Seite legen. Restliche Früchte in Stücke schneiden und mit dem Apfelsaft pürieren. Mit Vanillezucker abschmecken.

2. Quark mit Joghurt verrühren und Honig sowie Mohn untermischen.

Soße und Quark mit Joghurt verrühren und Honig sowie Mohn (oder Sesam) untermischen.

3. Soße und Quark schichtweise in Gläser oder Schälchen füllen.

Keks-Beeren-Trifle

ZUTATEN FÜR 4 PERSONEN

300 g Quark, 20% Fett · 300 g Naturjoghurt · 2 EL Honig · 1 Prise Zimt 600 g Beeren (frisch oder TK) · 6 Hafervollkornkekse

1. Quark und Joghurt verrühren und mit Honig sowie Zimt abschmecken.

2. Beeren gegebenenfalls waschen oder auftauen.

3. Kekse auf einem Schneidebrett in kleine Stückchen zerdrücken.

4. Schichtweise Kekse, Früchte und Crème in Gläser oder Schälchen füllen. Mit den Keksen beginnen und beenden.

Rhabarber-Tiramisu

ZUTATEN FÜR 4 PERSONEN

1 kg Rhabarber · 0,5 l roter Traubensaft · 100 g Zucker · 400 g Magerquark · 300 g Joghurt (1,5% Fett) · 2 Päckchen Vanillezucker · Zimt 160 g Löffelbiskuits

1. Rhabarber waschen, Enden entfernen und in etwa 2 cm große Stücke schneiden. Mit Saft und Zucker in einem Topf bei mittlerer Hitze aufkochen. Zugedeckt 10 Minuten dünsten, bis der Rhabarber weich wird. Danach abkühlen lassen.

2. Quark, Joghurt, Vanillezucker und etwas Zimt zu einer glatten Crème verrühren.

3. 4 ca. 500 ml große Schälchen mit einem Teil der Löffelbiskuits auslegen, einen Teil des Rhabarbers darauf verteilen und mit einem Teil der Quarkmasse bedecken. Genauso weiter schichten, bis alle Zutaten verbraucht sind. Mit Quark abschließen.

4. Etwas Zimt darüberstreuen und im Kühlschrank 30 Minuten ziehen lassen.

Mini-Käsekuchen mit Heidelbeeren

ZUTATEN FÜR 1 SPRINGFORM

2 Scheiben Vollkornzwieback · 30 g Walnüsse · 1 EL Margarine · 1 TL Honig · 200 g Heidelbeeren · 300 g Magerquark · 150 g Joghurt (1,5% Fett) · 1 EL Rapsöl · 2 EL Agavendicksaft · abgeriebene Schale von ½ Bio-Zitrone · 1 Beutel Blattgelatine

1. Zwieback und Walnüsse zerkleinern. Margarine schmelzen und mit Honig zur Bröselmasse geben; nochmals kurz hacken, bis eine gleichmäßige Masse entsteht. Diese mit einem Löffel auf dem Boden der Springform (18 cm) verteilen und andrücken.

2. Die Beeren verlesen, waschen und abtropfen lassen.

3. Quark, Joghurt, Rapsöl, Dicksaft und Zitronenschale cremig rühren, dabei die Blattgelatine einrieseln lassen. Nun den Großteil der Heidelbeeren vorsichtig unterziehen.

4. Den Belag gleichmäßig auf dem Kuchenboden verstreichen.

5. Mit den restlichen Beeren dekorieren. Kuchen für mind. 1 Stunde in den Kühlschrank stellen.

Schokocrème mit Avocado

ZUTATEN FÜR 4 PERSONEN

1 Avocado · 2 reife Bananen · 6 TL Kakaopulver

1. Fruchtfleisch der Avocado in eine Rührschüssel geben.

2. Die Banane schälen und zusammen mit dem Avocado-Fruchtfleisch pürieren.

3. Kakaopulver hinzufügen, gut verrühren und servieren.

TIPP: AVOCADOS HABEN EINEN RECHT HOHEN FETTGEHALT. ALLERDINGS HANDELT ES SICH DABEI ÜBERWIEGEND UM GESUNDE UNGESÄTTIGTE FETTSÄUREN. EINE AVOCADO HAT DIE IDEALE REIFE, WENN SIE AUF DRUCK LEICHT NACHGIBT, ABER NICHT ZU WEICH IST. FESTE AVOCADOS REIFEN IN 1 BIS 2 TAGEN BEI ZIMMERTEMPERATUR NACH.

Blauer Beerenschmarren

ZUTATEN FÜR 4 PERSONEN

400 g Heidelbeeren · 400 g Brombeeren · 4 Eier · Jodsalz · 300 g Dinkelmehl (Type 1050) · 4 Päckchen Vanillezucker · 600 g Joghurt · 4 EL Rapsöl · etwas Puderzucker

1. Beeren waschen und verlesen. Ei trennen. Eiweiß mit 1 Prise Salz steif schlagen. Eigelb mit Dinkelmehl, Vanillezucker und Joghurt cremig rühren, dann den Eischnee und anschließend die Blaubeeren unterziehen.

2. Öl in einer beschichteten Pfanne erhitzen. Teig in die Pfanne gießen und zugedeckt bei mittlerer Hitze ca. 5 Minuten stocken lassen. Pfannkuchen wenden und gut anbacken lassen. Mit zwei Gabeln zerreißen und rundherum goldbraun fertig braten. Die letzten 2 Minuten die Brombeeren obenauf legen und erwärmen. Mit Puderzucker bestäubt servieren.

TIPP:

Für eine pikante Variante Zucker weglassen, statt Beeren halbierte Kirschtomaten nehmen und mit Parmesan bestreuen.

Erdbeer-Joghurt-Trifle

ZUTATEN FÜR 4 PERSONEN

200 g Erdbeeren · 40 g Vollkornweizenmehl · 40 g Haferflocken · 40 g Butter · 30 g brauner Zucker · 500 g Naturjoghurt

1. Backofen auf 180° C Umluft vorheizen.

2. Erdbeeren waschen und schneiden und 2 Dessertgläser vorbereiten.

3. Butter und Mehl verkneten, Haferflocken und den braunen Zucker unterrühren. Streusel auf einem Backpapier verteilen und bei 180° C backen, bis sie leicht gebräunt sind (ca. 10 Minuten). Streusel vor dem Servieren ein wenig abkühlen lassen.

4. Erdbeeren, Joghurt und die noch warmen Streusel abwechselnd in die Dessertgläser schichten.

TIPP: VOLLKORNWEIZENMEHL LIEFERT GEGENÜBER WEIZENMEHL EINEN HÖHEREN ANTEIL GESUNDER B-VITAMINE UND BALLASTSTOFFE.

Brownie-Käsekuchen

ZUTATEN FÜR 12 STÜCK

Für die Brownie-Schicht: 200 g Zartbitterschokolade · 150 g Butter · 3 Eier · 150 g Zucker · 160 g Mehl · 30 g Kakaopulver · 1 TL Backpulver

Für die Käsekuchen-Schicht: 130 g Zucker · 100 g weiche Butter · 3 Eier · 600 g Frischkäse · 1 TL Speisestärke

1. Die Schokolade im Wasserbad schmelzen und abkühlen lassen. Die Eier mit Zucker cremig schlagen und die Schokolade darüber geben. Mehl, Kakaopulver und Backpulver zur Masse hinzugeben und vermischen. Eine Springform (26 cm) einfetten und den Teig hineinfüllen. Zunächst beiseitestellen.

2. Zucker und Butter cremig schlagen und die Eier nach und nach hinzugeben. Frischkäse und Speisestärke hinzufügen und gut verrühren.

3. Die Käsekuchenmasse nun auf den Brownie-Teig geben, ein paar Früchte eindrücken und bei 160° C Umluft im Backofen für ca. 70 Minuten backen. Nach dem Backen gut auskühlen lassen und vor dem Servieren mit weiteren Früchten und Puderzucker dekorieren.

Tipp: Sollte der Kuchen oben zu dunkel werden, kann man ihn einfach mit Alufolie bedecken. Wer keine Eier verwenden mag, kann stattdessen auch Maisstärke mit Wasser (1 Ei = 2 EL Maisstärke + 3 EL Wasser) oder Apfelmus (1 Ei = 75 ml Apfelmus) verwenden. Bitte dabei beachten, dass sich die Konsistenz ändern kann.

Schichtdessert mit Beeren und Datteln

ZUTATEN FÜR 4 PERSONEN

200 g Himbeeren oder Erdbeeren (TK oder frisch) · 120 g Datteln · 20 g Kokosraspeln · etwas Limettensaft · 250 g Magerquark · 100 g Frischkäse · 120 ml Wasser · Minzblätter (für Dekoration)

1. Wenn TK-Beeren verwendet werden, diese zum Auftauen in einem Sieb abtropfen lassen.

2. Inzwischen die Datteln in einen Mixbehälter geben, mit 60 ml warmen Wasser übergießen und sehr fein pürieren.

3. Kokosraspeln in einer beschichteten Pfanne rösten, bis sie goldgelb sind und abkühlen lassen.

4. Magerquark, Frischkäse, Limettensaft und pürierte Datteln in einer Schüssel miteinander verrühren.

5. In einer Dessertschüssel nacheinander 4 TL Kokosraspeln, Beeren und die Hälfte des Quarks schichten. Den Vorgang wiederholen und mit den Beeren abschließen.

6. Mit den restlichen Kokosraspeln und mit Minze garnieren.

TIPP: ANSTATT QUARK KANN AUCH JOGHURT ODER SKYR VERWENDET WERDEN.

Dies & Das

Einfaches Hummus-Rezept

ZUTATEN FÜR 4 PERSONEN

250 g Kichererbsen (vorgekocht) · 2 EL Sesampaste · 3 EL Zitronensaft · 3 EL Oliven- oder Rapsöl · 2 Knoblauchzehen, gepresst · 2 EL Wasser · 1 TL Salz · 1 TL Kreuzkümmelpulver

1. Kichererbsen mit den restlichen Zutaten glattpürieren. Ein paar Kichererbsen beiseitelegen.

2. Hummus in ein passendes Gefäß abfüllen, mit Öl beträufeln und mit den beiseitegelegten Kichererbsen bestreuen.

TIPP: HUMMUS LÄSST SICH EINFRIEREN. DAZU KLEINE GLÄSER ZU ETWA ¾ MIT DEM FRISCH ZUBEREITETEN HUMMUS PORTIONSWEISE BEFÜLLEN. MIT EINER DÜNNEN SCHICHT ÖL (OLIVEN- ODER RAPSÖL) BEDECKEN, DAMIT ER NICHT AUSTROCKNET. HUMMUS KANN RUND EIN HALBES JAHR SO GELAGERT WERDEN. ZUM AUFTAUEN EINFACH FÜR 24 STUNDEN IN DEN KÜHLSCHRANK STELLEN.

Knuspernüsse

ZUTATEN FÜR 1 PERSON

je 1 TL Kümmelsamen, Koriandersamen, Paprikapulver und schwarzer Pfeffer · 200 g Knuspermüsli nach Wahl · je 1 EL Cashewnüsse, Haselnüsse, Kürbiskerne, Sonnenblumenkerne · je 1 EL getrocknete Preiselbeeren, getrocknete, klein geschnittene Aprikosen · 1 bis 2 EL Olivenöl zum Beträufeln

1. Den Backofen auf 180° C vorheizen. Die Gewürze in einer Pfanne ohne Fett bei schwacher Hitze rösten. Im Mörser zerreiben.

2. Das Müsli, die Gewürze, die Nüsse und die Früchte auf ein Backblech geben.

3. Mit Öl beträufeln und wenden.

4. Die Mischung 15 bis 20 Minuten im Ofen rösten, dabei häufig wenden. Abkühlen lassen und in einem luftdicht verschlossenen Behältnis aufbewahren.

Knäckebrot

ZUTATEN FÜR 4 PERSONEN

20 g Hefe oder 1 Päckchen Trockenhefe · 500 ml warmes Wasser · 4 EL Rapsöl · 1 EL Honig · 450 g Roggenmehl · 300 g Weizen- oder Dinkelmehl · 50 g Haferflocken · 1 TL Jodsalz · Kernemix, gehackte Nüsse oder Sesam

1. Backofen auf 220° C vorheizen und die Hefe im lauwarmen Wasser auflösen und Öl sowie Honig unterrühren.

2. Mehl, Haferflocken und Salz in eine Schüssel vermischen. Die Flüssigkeit dazu gießen und zu einem geschmeidigen Teig zusammenkneten. Den Teig zugedeckt an einem warmen Ort ca. 1 Stunde aufgehen lassen.

3. Den Teig in Rechtecke der gewünschten Größe schneiden und auf ein Backblech legen. Mit etwas Wasser bepinseln, Kerne und Nüsse darüberstreuen und leicht festdrücken.

4. Im Ofen ca. 8 Minuten backen und anschließend auf einem Gitter auskühlen lassen.

TIPP: JE DÜNNER DER TEIG AUSGEWALLT WIRD, DESTO KÜRZER DAUERT DER BACKVORGANG UND DESTO KNUSPRIGER WIRD DAS KNÄCKEBROT.

Selbstgemachte Müsliriegel

ZUTATEN FÜR 1 PERSON

4 EL Butter· 3½ EL Honig · 150 g Zucker · 100 g kernige Haferflocken · 100 g gehackte Früchte · 50 g Puffreis

1. Butter in einer Schüssel schmelzen, Honig und Zucker hinzufügen.

2. Haferflocken, gehackte Früchte und Puffreis einrühren.

3. Gut zu einer homogenen Masse verrühren und in eine eingefettete Pfanne geben und braten. Abkühlen lassen.

4. In Streifen schneiden.

TIPP: ES KÖNNEN BELIEBIGE FRÜCHTE WIE ÄPFEL, ERDBEEREN ODER APRIKOSEN VERWENDET WERDEN.

Ingwerkekse

ZUTATEN FÜR 30 bis 35 PORTIONEN

250 g Süßrahm-Butter (zimmerwarm) · 175 g Kokosblütenzucker · 300 g Haferflocken · 125 g Dinkelmehl · 40 g frischer Ingwer (gerieben) · 1 Ei · 1 Packung Backpulver · 1 Prise Jodsalz

1. Ingwer und Haferflocken fein reiben. Alle Zutaten vermischen.

2. Kleine Kugeln (ca. 3 cm) formen und auf einem Backblech plattdrücken. Ergibt zwei Bleche mit je etwa 16 Keksen.

3. Kekse bei 200° C Oberhitze/Unterhitze für 10 Minuten backen. Kurz auf dem Backblech auskühlen lassen, dann mit dem Backpapier runterschieben, da die Kekse sonst recht leicht brechen.

Tipp: Zum Ingwerschälen unbedingt einen Teelöffel nehmen, da es so viel leichter geht! Ingwerschale einfach mit dem Teelöffel abschaben.

Ballaststoffreiche Frühstücksbrötchen

ZUTATEN FÜR 8 BRÖTCHEN

400 g Magerquark · 4 Eier · 100 g Haferkleie · 80 g Weizenkleie · 140 g Dinkelmehl (Typ 630) · 2 TL Salz · 4 TL Backpulver · 40 g Flohsamenschalen · 180 ml warmes Wasser

1. Backofen vorheizen (175° C Oberhitze/Unterhitze).

2. Magerquark und Eier cremig rühren. Haferkleie, Weizenkleie, Dinkelmehl, Salz und Backpulver dazugeben und gut vermischen. Lauwarmes Wasser und Flohsamenschalen untermischen und alles ca.10 Minuten quellen lassen.

3. Je nach Wunsch eine Mischung aus Weizenkleie, Haferkleie und/oder Kernen auf die Arbeitsfläche geben.

4. Mit nassen Händen 8 Brötchen formen und in der Mischung wälzen. Für 40 Minuten backen.

Steirischer Kürbiskernaufstrich

ZUTATEN FÜR 2 PERSONEN

100 g Quark · 100 g Joghurt · 1 TL Estragon-Senf · 1 Schuss kohlensäurehaltiges Mineralwasser · Saft von ½ Zitrone · 20 g Kürbiskerne · ½ Bund Schnittlauch · 1 EL Kürbiskernöl · Jodsalz · Pfeffer · 2 Tropfen Tabascosauce nach Belieben

1. Quark mit Joghurt, Senf, Zitronensaft und Mineralwasser cremig rühren.

2. Die Kürbiskerne in einer Pfanne ohne Öl kurz rösten, dann hacken.

3. Schnittlauch waschen und in kleine Röllchen schneiden.

4. Kürbiskernöl unter die Quarkmasse rühren.

5. Einen Teil der gerösteten Kürbiskerne unterheben und mit Salz, Pfeffer und Tabasco abschmecken. Einige Zeit kaltstellen. Vor dem Servieren mit den übrigen Kürbiskernen bestreuen.

TIPP: DIESER AUFSTRICH SCHMECKT HERVORRAGEND ZU EINER KNUSPRIGEN SCHEIBE SCHWARZBROT. ER KANN ABER AUCH ALS DIP MIT GEMÜSE-STICKS SERVIERT WERDEN.

Bananen-Brötchen

ZUTATEN FÜR 2 PERSONEN

2 Scheiben Vollkornbrot · 2 Bananen · etwas Zitronensaft · 2 EL gehackte Walnüsse · 1 TL Honig · etwas fein gehackter Ingwer

1. Bananen schälen und mit einer Gabel zerdrücken. Mit etwas Zitronensaft beträufeln.

2. Walnüsse und Ingwer fein hacken.

3. Honig, Walnüsse, Ingwer und etwas Zitronensaft vermischen und unter das Bananenpüree rühren. Der Honig löst sich mit Zitronensaft besser auf.

4. Die Brote mit Bananenaufstrich bestreichen und genießen.

Geröstete Kichererbsen

ZUTATEN FÜR 4 PORTIONEN

1 Dose gekochte Kichererbsen · Gewürze wie Knoblauchpulver, Paprika (je nach Geschmack) · etwas Olivenöl · Jodsalz

1. Kichererbsen abschütten. Vor der Weiterverarbeitung mit kaltem Wasser abspülen und trockenreiben. Kichererbsen in eine Schüssel geben und mit ein wenig Olivenöl beträufeln. Vermengen, so dass alle Kichererbsen mit etwas Öl bedeckt sind.

2. Auf einem Backblech verteilen und im auf 180° C vorgeheizten Ofen für 25 Minuten rösten. Das Blech aus dem Ofen holen, Kichererbsen zurück in die Schüssel geben und die Gewürze nach Wahl darüber verteilen.

3. Gut vermischen und anschließend die gewürzten Kichererbsen wieder aufs Blech geben.

4. Blech zurück in den Backofen schieben und nochmals 10 Minuten weiterbacken, bis die Kichererbsen leicht braun und knusprig sind.

5. Nach dem Auskühlen in eine Metalldose füllen.

TIPP: GERÖSTETE KICHERERBSEN EIGNEN SICH ÜBRIGENS NICHT NUR ALS LECKERER KNABBERSNACK FÜR ZWISCHENDURCH, SONDERN AUCH ALS TOPPING AUF SALATEN ODER SUPPEN.

Nachwort

Liebe Schwangere, ich danke Ihnen für den Kauf dieses Buches. Ich hoffe, Ihnen mit diesem Buch den Einstieg in das Thema Ernährung während der Schwangerschaft so einfach wie möglich gemacht zu haben. Wenn dies so ist, würde ich mich über eine Rezension auf Amazon sehr freuen und wünsche Ihnen auch in Zukunft viel Freude mit diesem Buch und den darin enthaltenen Rezepten! Verstehen Sie die Rezepte als Inspiration und probieren Sie Neues aus. Sie und Ihr Baby werden sich über die kulinarische Vielfalt sicher sehr freuen.

Quellenverzeichnis

A. Kautzky-Willer et al., 2019, Gestationsdiabetes Update 2019, Wiener klinische Wochenschrift, 2019, Seite 91 - 102

B. Kleine-Gunk, 2021, Die Bedeutung von Ernährung und Supplementen in der Schwangerschaft, Gynäkologie und Geburtshilfe, Seite 16 - 18

B. Koletzko et al., 2016, Ernährung in der Schwangerschaft – Handlungsempfehlung des Netzwerks „Gesund ins Leben – Netzwerk Junge Familie“, Frauenheilkunde up2date 3, 2016, S. 188 - 196

G. Gramer et al., 2020, Vitamin B12 Mangel im Neugeborenen- und Säuglingsalter – Ursachen, Früherkennung, Diagnostik und Vorstellung eines primär oralen Behandlungsschemas, Monatsschrift Kinderheilkunde, 2020

H. Schneider et al., 2006, Die Geburtshilfe, Kapitel 15 Schwangerschaft und Ernährung, 3. Auflage, Springer

https://www.rki.de/DE/Content/Infekt/EpidBull/Merkblaetter/Ratgeber_Listeriose.html

https://www.rki.de/DE/Content/Infekt/EpidBull/Merkblaetter/Ratgeber_Salmonellose.html

https://www.rki.de/DE/Content/Infekt/EpidBull/Merkblaetter/Ratgeber_Toxoplasmose.html

M. Richter et al., 2016, Vegane Ernährung – Position der deutschen Gesellschaft für Ernährung e.V., Ernährungsumschau international, 2016, Seite 92 - 102

P. Bung, 2012, Frauengesundheit in der Praxis, Gynäkologie, 2012, Seite 71 - 78

R. Plank, 2019, Sicherheit und Risiken vegetarischer und veganer Ernährung in Schwangerschaft, Stillzeit und den ersten Lebensjahren, Monatsschrift Kinderheilkunde, 2019, Seite 22 - 35

S3 -Leitlinie Allergieprävention – Update 2014

S3-Leitlinie Gestationsdiabetes mellitus (GDM), Diagnostik, Therapie und Nachsorge, Auflage 2

Hat Ihnen das Buch dieser Autorin gefallen?

Dann interessieren Sie sich vielleicht auch für folgende Bücher von Victoria Maienfeld:

Babys erstes Jahr: Das Baby Buch für ein **tolles erstes Jahr** mit **hilfreichen Tipps** über Gesundheit, Ernährung, Pflege und Zusammenwachsen als Familie. Inkl. **einfacher Anleitung** zur **Beikosteinführung**

Mamas Baby, Papas maybe – **Babybrei und Beikost** für Anfänger: Das Babybrei Kochbuch für gesunde Ernährung mit **150** einfachen und schmackhaften **Rezepten** zum Selbermachen von Babybrei und Beikost

Mamas Baby, Papas maybe - **Baby led Weaning** – das große BLW Kochbuch für Anfänger: Breifrei für Babys mit **170 Rezepten** für gesunde Ernährung zum Selbermachen von breifreier Beikost

Mamas Baby, Papas maybe – **Babybrei und Beikost & Baby led Weaning** für Anfänger: Das große **2 in 1 Kochbuch** für Babybrei und breifreie Beikost mit **250** einfachen **Rezepten**. Inkl. BLW Grundlagenbuch

Erhältlich auf Amazon unter dem Suchbegriff

„Victoria Maienfeld".

Impressum

Herausgeber:
Victoria Maienfeld
c/o autorenglück.de
Franz-Mehring-Str. 15
01237 Dresden

Bild: Freepik.com. Dieses Cover wurde mit Ressourcen von Freepik.com erstellt.

ISBN: 9798436000824

Printed in Poland
by Amazon Fulfillment
Poland Sp. z o.o., Wrocław

12874929R00103